AF209597

Niina Jormanainen

Yksi pieni elämä

Kustantaja: BoD – Books on Demand, Helsinki, Suomi
Valmistaja: BoD – Books on Demand, Norderstedt, Saksa
ISBN: 978-952-286-689-9

Kiitokset ihanille ystävilleni,
joiden kannustavat sanat
innoittivat kirjoittamaan tämän kirjan.
Kiitokset perheelleni,
jolta sain omaa aikaa kirjoittaa tätä.

Kiitokset Nora Mokhtarille ja Anna Siroselle ihanasta
kansikuvasta!

1. Lauri

"Tehdään se lapsi niin saat sääkin jotain sisältöä elämääsi," Vesa sanoi ja katsoi rauhallisesti kulmiensa takaa Vernaa. Vesan ruskeissa silmissä oli jälleen samanlainen innostus, kuin yleensä asiasta puhuttaessa.

"Ai meinaatko, että lapsi jotenkin pelastaisi tämän meidän parisuhteen," Verna tiuskaisi takaisin asetellen pitkiä vaaleita hiuksiaan nutturalle, "sit mä olisin edelleen koko ajan yksin kotona, mutta vastuussa vielä lapsestakin."

"Kai mä voisin sitten pyytää siirtoa toimistolle, ettei tarvitse reissata enää," Vesa sanoi ja taitteli päivän aamulehden käsistään pois.

"Niin eli mun takia et voi sitä tehdä, mutta sitten voit, jos meillä olisi lapsi," Verna ärähti ja viskasi voiveitsen tiskialtaaseen, "kiva tietää kuinka isossa arvossa mua pidät."

"Mitä helvettiä mä täällä kotona tekisin, kun olet koko ajan niin kiukkuinen," Vesa korotti vähän ääntään ja nousi ylös tuolistaan, "saisit säkin jo alkaa vähän rauhoittaa tuota menemistäsi."

7

"Hei mä olen ollut tämmöinen aina, tulisit joskus mun mukaan kuten ennen tulit," Verna tiuskaisi, "sä olet vaan muuttunut tuollaiseksi kuka ei käy ikinä missään, paitsi töissä."

"Joo en todellakaan jaksa olla menossa koko aikaa," Vesa huokaisi ja meni keittiön ovelle suoristaen kauluspaitansa hihoja samalla, "kuinka kauan sä meinaat jatkaa tuota menovaihetta? Mehän puhuttiin jo vuosia sitten, että näihin aikoihin vois olla se perheen perustaminen ajankohtaista."

"Ensinnäkin, jos perustaa perheen, niin pitäisi harrastaa seksiä joskus ja sä tiedät kyllä, etten ole mikään äitityyppi," Verna sanoi ja tuijotti ikkunasta ulos. Taas satoi lisää lunta, eikä pakkanen tuntunut hellittävän ollenkaan.

"Mutta mä olen isätyyppi ja haluan sen perheen," Vesa sanoi poistuen olohuoneeseen television ääreen, huutaen vielä, "et sä voi ikuisesti sen abortin takia itseesi ruoskia ja sen vuoksi väittää ettet halua lapsia."

Verna seisoi edelleen ikkunan edessä, eikä halunnut sanoa Vesalle enää mitään, sillä sama keskustelu oli käyty läpi jo monta kertaa. Vesa jaksoi joka kerta ottaa Vernan abortinteon esille, vaikka se ei liittynyt nykyisin lapsien tekoon mitenkään. Oli totta, että Vernan oli ollut vaikea päästä yli siitä, mutta ei se häntä enää vaivannut.

8

Vesa olisi tämän viikonlopun kotona, mikä oli toisinaan harvinaista, sillä Vesa työskenteli myyntityössä ulkomailla ja joutui olemaan reissun päällä pitkiäkin aikoja välillä ja Verna lähtisi pian töihin. Kun Vernalla olisi maanantaina vapaata, niin Vesa lähtisi taas kaikiksi arkipäiviksi työmatkalle, kuten lähes joka viikko. Verna oli tottunut viettämään viikkonsa ilman Vesaa ja melkein toivoi, että voisi viettää koko ajan, jotta Vesa ei olisi ruinaamassa perheen perustamista, eikä huomauttelemassa Vernan menemisistä. Verna ei ollut koskaan ollut kotona viihtyvää tyyppiä ja kun hänellä oli niin paljon omaa aikaa arkisin, niin hän harrasti paljon, kävi kuntosalilla ja juhli ystäviensä kanssa, joista suurin osa oli edelleen sinkkuja tai juuri eronneita. Hän oli kyllä iloinen aina kun Vesa tuli kotiin, mutta he eivät osanneet olla riitelemättä, etenkään nyt kun Vesalle oli tullut pakkomielle lapsen tekemisestä. Verna oli luvannut Vesalle, että kolmenkympin tienoilla voisi perustaa perheen, mutta kun hän oli lupauksen tehdessään ollut reilu parikymppinen, eikä ollut ajatellut sitä, että hän voisi todella olla joskus vielä yli kolmekymmentävuotias. Verna piti työstään kuntosalilla ja lapsen tulo ei sopinut työnkään puolesta hänen elämäntilanteeseensa. Mitä jos hänkin lihoisi kolmekymmentä kiloa odotusaikana, kuten hänen ystävänsä

9

ja sitten hän ei pystyisi enää tekemään personaltrainerin työtä, eikä vetämään jumppia salilla. Vai olisiko hänen kuitenkin pitänyt suostua perheen perustamiseen vain sen vuoksi, että Vesa sitä halusi ja muut pitivät itsestään selvyytenä?

Verna havahtui siihen kuinka Vesa kietoi kätensä Vernan ympärille ja halasi häntä.

"En mä sano, että se lapsi tätä meidän tilannetta kokonaan korjaisi ja tiedän että olen ihan liikaa töissä," Vesa sanoi, "mutta mä kaipaan sellaisia koti-iltoja, kun ollaan kotona sohvalla ja katsotaan, kun semmoinen hassu vaippaikäinen bailaa musiikinn tahtiin, tai sit sitä kun saa saattaa kouluun esikoisen, tai opettaa sen ajamaan pyörällä."

"Mä tiedän," Verna huokaisi ja kääntyi Vesaa päin, "mutta kun ajatuskin siitä, että se kasvaa mun sisällä on ihan painajainen."

"Sä olisit semmoinen hot mama," Vesa naurahti ja painoi Vernaa pöytää vasten, "jos mä nyt sit näytän, et kykenen edes harjoittelemaan lapsen tekoa."

Verna naurahti mielissään, "joo mielelläni mä harjoittelen sitä sun kanssa."

"Tehdään sopimus," Vesa sanoi ja nosti Vernan pöydälle istumaan, "mä anon nyt siirron toimistolle, niin olen enemmän kotona ja sä saat puoli vuotta armon aikaa siihen, että ehkäisy jätetään pois."

Verna mutristi huulensa hetkeksi aikaa, mutta huokaisi sitten, sillä kai hänen piti suostua Vesan ehdotukseen? Ainakin hän saisi puoli vuotta armonaikaa keksiä jotain. Verna nyökkäsi päätään, "okei, mutta sun pitää kyllä sit tsempata tuolla makuuhuoneessa tai lähden kohta vieraisiin. Mä tarvitsen seksiä enemmän kun kerran kahdessa viikossa."

"Homma hoidossa," Vesa sanoi kaapaten Vernan syliinsä ja kantoi makuuhuoneeseen. Vesa repi vaatteet vaimonsa päältä, riisui itsensä tyytyväisenä Vernan lupauksesta ja näytti vaimollensa olevansa mies, joka pystyisi pitämään osansa sopimuksesta.

Verna jäi tyytyväisenä makoilemaan vuoteelle, sillä Vesa oli yllättänyt hänet täysin. Ehkä Vesa saattaisi todella lapsenteon myötä virkistyä makuuhuoneen puolella ja toisaalta ehkä lapsen tekemisessä kestäisi kauan aikaa? Kestihän se heidän ystävilläänkin – ainakin joillakin melko kauan. Ja voisihan olla, ettei heille siunaantuisi lapsia ollenkaan. Siinä toivossa Verna nousi ylös, pukeutui ja lähti kuntosalia kohti, jotta voisi suorittaa työvuoronsa pois tieltä.

Vernan ilo makuuhuoneen puolella loppui lyhyeen, sillä Vesa ei lämmennyt enää viikonlopun aikana toista kertaa Vernan lämmittely-yrityksistä huolimatta. Verna tunsi olonsa onnettomaksi, sillä heidän liittonsa oli junnannut jo pitkää paikoillaan, eikä hän tiennyt miten olisi sitä lähtenyt viemään parempaan suuntaan. Verna oli itse seksuaalinen ihminen, mutta Vesalta halut olivat vuosien varrella loppuneet kokonaan. Vesa oli hyvin voimakastahtoinen mies, jonka kanssa oli helppoa saada riita aikaiseksi, eikä Verna jaksanut joka kerta vaatia aviomiestään tilille seksittömästä avioliitostaan. Vernasta tuntui muutenkin, että oli helpompi myötäillä Vesaa ja tehdä kuten Vesa halusi, jotta tämä pysyi hyvällä tuulella. Vesa osasi olla syyllistävä ja osasi saada Vernan aina jollain tapaa tuntemaan syyllisyyttä riitelystä, vaikka vika ei olisikaan ollut Vernan. Verna pelkäsi, että hänen olisi pakko antaa periksi lapsentekoasiassakin Vesalle loppujen lopuksi ja joutuisi siten keskelle sellaista elämäntilannetta, mihin ei olisi halunnut.

"Mikset sä sitten vaan tee sitä lasta Vesan kanssa," Ilona kysyi ja varmisti Vernan painonnostoa.

"Kun mä en ole valmis," Verna sanoi hampaat irvessä ja laski painon telineillä nousten hengästyneenä istumaan.

"Koska sä sit olisit valmis," Ilona kysyi ja he vaihtoivat paikkoja.

"En ikinä," Verna sanoi, "en tiedä mitä meistä tulee, kun kumpikaan ei halua tulevaisuudelta samoja asioita. Miksi me vaan ei voida reppureissata ympäri maailmaa kuten nuorempana?"

"Monista miehistä on tullut tommoisia kotona viihtyjiä vuosien varrella. Sen takia mulla ja Heikilläkin loppu tunteet toisiamme kohtaan, kun ei se koskaan viitsinyt lähtee mun kanssa mihinkään," Ilona huokaisi, "ero oli hyvä juttu, mutta toisaalta ei tämä yksinhuoltajan arkikaan nyt kovin kivaa ole."

"Hoitaahan Heikki Akua kuitenkin aina välillä," Verna sanoi ja valmistautui varmistamaan Ilonan painonnostoa.

Ilona ei sanonut mitään, vaan laskeutui penkille selälleen, teki kymmenen nostoa ja nousi ylös irrottaen rannetukea samalla kädestään.

"Hommaa ehkäisyrinkula," Ilona sanoi ja irrotti toisenkin rannetukensa, "väität ettei sulla ole ehkäisyä ja sit Vesa luulee, ettet voi saada lapsia."

"Sä olet ihan sekasin! En mä nyt sellaista voi sille tehdä," Verna sanoi hämillään Ilonan ehdotuksesta.

"No omapa on asiasi, mutta kyllä sun Vesan kanssa pitää se lapsi tehdä, jos olet luvannut. Ajattelin vaan, että saisit sitten lisäaikaa sillä, ettet ainakaan ihan heti tule raskaaksi," Ilona huokaisi ja he lähtivät kävelemään pukuhuoneita kohti.

"Joo totta, mutta en mä ehkä tule kuitenkaan heti raskaaksi, kun sehän voi viedä vuosia," Verna sanoi.

Ilona naurahti, "meillä ei tarvittu kun ihan semmoinen keskeytetty kerran ilman kumia, joten en luottaisi tuohonkaan vaihtoehtoon, ettet muka tulisi raskaaksi heti."

"Ai niin," Verna sanoi muistaen kyllä Ilonan raskaaksi tulemisen. He istuutuivat pukuhuoneen penkille hörppien vettä samalla, "en tiedä missä se mun biologinen kelloni on, kun kaikki on lisääntyneet tässä vaiheessa, tai ainakin harkitsevat asiaa."

"No sen mä nyt ainakin sulle sanon, että kun sä sanot ettet ole valmis, niin kyllä sä olet valmis sit kun se oma lapsi tulee. On niin eri asia saada oma lapsi kun katsoa muitten kersoja ympärillä. Eikä muitten mukuloita tarvitse sietää siltikään vaikka olisi itsellä kymmenen lasta, en mä ainakaan siedä."

Verna ei sanonut mitään, ehkä Ilona oli oikeassa ja hänen pitäisi nyt vaan ilmoittaa Vesalle, että lapsi saisi tulla jos on tullakseen. Mutta kun hän ajatteli asiaa, niin ahdistus tuntui iskevän heti rintakehään. Kyllä hän odottaisi nyt sen puoli vuotta ainakin. Pitäisikö hänen kuitenkin harkita ehkäisykapselin pois ottamista, ostaa ehkäisyrinkula ja kokeilla huomaako Vesa sen olemassa oloa?

"Lähdetäänkö me sinne Jannelle tänään?" Ilona kysyi lopulta ja oli alkanut riisumaan vaatteitaan.

"Mennään vaan, jos Aku on kerran Heikillä pari yötä," Verna sanoi havahduttuaan mietteistään, "Vesakin on varmaan taas jo lähtenyt Tallinnaa kohti."

"Mä voin tulla teille kasin maissa, niin vedetään vähän pohjia ja lähdetään sitten sinne Jannen luokse," Ilona sanoi tyytyväisen oloisena, "ja mä aion sitten niin saada munaa tänään."

"Sitä mä en epäile yhtään. Kun muistaisit vaan sitten käyttää ehkäisyä," Verna sanoi nauraen.

Ilona oli tullut Vernan luokse kahdeksalta ja he olivat ehtineet juoda viinipullon pohjalle, ennen kuin lähtivät Ilonan uusimman valloituksen Jannen luokse. Verna ei ollut täysin varma oliko Ilonalla jotain vakavampia aikomuksia Jannen suhteen, mutta ainakin Ilona tuntui joka kerta hakeutuvan miehen luokse, kun oli juomassa. Verna ei ollut vielä Jannea tavannut, mutta Jannella oli illanistujaiset kotonaan Hämeenkyrössä. Verna oli luvannut lähteä mukaan vain sillä ehdolla, että Ilona ei jättäisi häntä yksin illan aikana ventovieraaseen porukkaan. Taksi ajoi heidät pimeän metsätien läpi valtavan hienon talon pihaan.

"Siis onko tämä yksin Jannen talo," Verna henkäisi, "mä haluun tämmöisen kanssa."

"Sanot nyt vaan sille Vesalle, että sen pitää rakentaa sulle talo, jos teette lapsia," Ilona tökkäsi Vernaa leikillään kylkeen ja nikkasi silmää.

"Ei meillä ole tämmöiseen varaa ikinä," Verna huokaisi ja tuijotti upeaa taloa edelleen, "ja tuolla on rantakin!"

"Ei nämä täällä landella kalliita kai ole, kun on niin syrjässä," Ilona hymyili.

"No mutta en mä näin syrjässä haluisi asuakaan, en uskaltaisi käydä edes iltalenkillä tämän talon tienoilla yksin iltasin, tai edes nukkua täällä, kun Vesa on töissä!"

Ilona naurahti ja johdatti heidät sisälle taloon, jossa oli ihanan lämmin ulkona paukkuvan pakkasen jälkeen. Janne saapui tervehtimään Ilonaa, eikä voinut olla huomaamatta kuinka Ilonan ja Jannen välillä säkenöi, sillä he suutelivat antaumuksella hetken toisiaan. Verna yskäisi osoittaakseen mielensä vieressään tapahtuvasta tervehdyksestä.

"Ai anteeksi Verna," Ilona sanoi lapsellisesti hihittäen ja esitteli Jannen ja Vernan toisilleen.

"Tuolla on olohuoneessa muutamia kavereita ja tuolla on keittiö, jossa on juomaa ja syömistä. Täällä on itsepalvelu," Janne sanoi ja lähti johdattamaan Ilonaa jonnekin ja Verna jäi seisomaan eteiseen yksin miettien minne hän oikein lähtisi siitä kulkemaan. Verna päätti hakea juotavaa keittiöstä ensimmäisenä ja mennä sitten katsomaan ketä olohuoneessa olisi, toivoen samalla ettei joutuisi katumaan Jannen luo lähtöä, sillä sieltä ei päässyt yksin kävelemään kotiin ihan helpolla. Verna käveli siiderinsä kanssa olohuonetta kohden.

"Moi," Verna tervehti olohuoneessa istuvia ihmisiä, "olen Verna, tuon Jannen Ilonan kaveri."

"Moi," sohvalta nousi ylös vaaleahiuksinen tyttö ja tuli tervehtimään, "mä olen Ansku ja toi tummatukkainen tuossa on mun mies Pete ja toi vaalea tuolla on Lauri."

Ilona ojensi Anskulle ja Petelle kätensä tervehtiäkseen.

"Sut mä taidan tuntea jostain," Verna sanoi Laurille ja sai miehen hymyilemään.

"Olen käynyt sun pyöräilytunneilla muutaman kerran. Olen jäsenenä siinä sun GotToBe –salilla," Lauri sanoi miehekkään matalalla äänellä ja nousi ylös tervehtimään vielä sohvalta. Lauri oli selvästi treenaavaa sorttia, sillä miehen paita ei paljon jättänyt arvailujen varaan oliko hartioita treenattu vai ei.

"No sieltä mä sut sit tunnen," Verna sanoi, "ja olet selvinnyt tunneistakin hengissä, mikä on tietty hyvä juttu."

"Joo aika kova mimmi sä siellä olet kun sun valmentamista kuuntelee, ei käy kateeksi niitä raukkoja jotka itkua vääntää sun ruoskimisen takia," Lauri sanoi hymyillen koko valkoisella hammasrivillään ja sai Vernan nauramaan vuolaasti.

"Mun kanssa kannattaa käyttäytyä nätisti, etten laita täällä punnertamaan," Verna sanoi leikkisästi ja mietti mihin istuisi sohvalle. Lauri siirsi muutaman sohvatyynyn viereltään pois ja näytti Vernalle, että tämä voisi istua siihen.

"Oletko kauan ollut personaltrainer siellä salilla," Lauri kysyi ja samaan aikaan Ansku ja Pete poistuivat huoneesta.

"Tuossa salilla olen ollut joku neljä vuotta nyt," Verna sanoi ja veti jalkansa sohvalle tehden olonsa mukavaksi samalla.

"Olen itse kanssa käynyt salilla niin kauan kun muistan," Lauri sanoi ja nosti jalkansa olohuoneen pöydälle.

"Sen kyllä huomaa," Verna sanoi ystävällisesti, eikä tarvinnut edes huijata.

"Pitäisi varmaan ottaa sulta pari personaltrainertuntia kun tuntuu, etten ole kehittynyt kunnolla hetkeen aikaan," Lauri sanoi ja siemaili juomaansa.

"Kysyn sulta sen mitä yleensä kovasti treenaavilta, eli miten sun lihashuoltopuoli," Verna kysyi nostaen kulmiaan ja tiesi jo varmasti sen, ettei Laurikaan lihashuollosta huolehtinut.

"No kävin mä joskus puoli vuotta sitten hierojalla," Lauri sanoi ja näytti huvittuneelta.

"Niin eli et huolla lihaksia käymällä hieromassa lihaskalvoja auki ja voin lyödä vetoa, ettet edes venyttele," Verna sanoi naurahtaen.

Lauri näytti edelleen huvittuneelta, mutta samalla myös nololta nyökätessään Vernalle.

"Pitäisi varmaan opetella venyttelemään," Lauri naurahti ja laski juomansa pöydälle nousten seisomaan ja yritti venyttää sormensa lattiaa kohti, "mutta kato miten jäykkä mä olen."

"Sä olet ihan tyypillinen mies, joka luulee, että kehittymiseen riittää se, että käy vähän puntilla," Verna sanoi.

"Auts, olet aika suora," Lauri sanoi nauraen ja istuutui takaisin sohvalle.

"Mitäs kysyit, " Verna irvisti leikillään, "mun työminä on tämmöinen, vapaalla olen vähän hellempi, enkä yleensä ruoski ketään."

Lauri nauroi taas. Verna huokaisi, onneksi talossa oli edes yksi, jolla oli sellainen huumorintaju, että Verna sai tämän nauramaan. Janne ja Ilona olivat kadonneet kokonaan, samaten Ansku ja Pete. Verna katseli olohuonetta hetken aikaa.

"Me taidetaan olla nyt sit kaksin täällä," Lauri sanoi ja vaihtoi televisiosta kanavaa.

"Siltä näyttää," Verna sanoi ja nousi katselemaan valokuvia kirjahyllyn reunalta, "mihin kaikki on menneet?"

"Veikkaan et Janne ja Illu on tekemässä jotain, mihin me ei haluta sekaantua ja Pete lähti Anskun kanssa kotiin," Lauri huokaisi, "tänne piti tulla ihan hyvin väkeä, mutta kaikki perui sit viimehetkellä ja kun Ansku on paksuna, niin ei se sitten meinannut että ne pitkää aikaa olisikaan."

"Kaikki tuntuu olevan vaan paksuna," Verna huokaisi itsekseen.

"Joo olen huomannut saman. Kai se on tämä ikä," Lauri vastasi Vernan toteamukseen, "onkos sulla lapsia?"

"Ei ole, eikä kyllä ihan heti tulekaan," Verna totesi huokaisten, "entä sulla?"

"On mulla ekaluokkalainen poika," Lauri sanoi, "mutta on erottu sen äidistä, niin Elkku on mulla joka toinen viikko."

"Eli nyt on lapseton viikko," Verna sanoi hymyillen ja ojensi siiderinsä maljan merkiksi.

20

"Nimenomaan," Lauri sanoi ja kohotti myös juomansa maljan merkiksi, "voisi mennä lämmittämään saunaa, jos toi Janne ja Illu meinaa kauankin vielä viipyä tuolla yläkerrassa."

"Mennään vaan ja voisit esitellä mulle tätä taloa, kun on näin pramea kerran," Verna sanoi ja lähti kulkemaan Laurin perässä ympäri taloa. Talo oli upea ja Verna toivoi, että jonakin päivänä hänellä olisi samanlainen, mutta nyt hänen piti tyytyä vain hänen ja Vesan rivitalokolmioon Tampereen laidalla. Lauri kertoi, että omisti myös omakotitalon ja talo sattui sijaitsemaan samalla asuinalueella Vernan ja Vesan asunnon kanssa. Lauri oli ostanut talon aikanaan ja vaimo oli muuttanut pois siitä heidän poikansa Eliaksen kanssa, jolloin talo oli jäänyt luonnollisesti Laurille.

Lauri ja Verna pukeutuivat ja lähtivät ulos pakkaseen. He kulkivat ison pihan poikki rantaan, jossa oli ulkosauna ja laiturin päähän tehty avanto. He lämmittivät saunan ja juttelivat samalla kuntoilusta. Saunan lämmityksen jälkeen he menivät sisälle, jossa Ilona ja Janne istuivat olohuoneessa liimautuneena toisiinsa kiinni. He istuutuivat sohvalle siihen tilaan mitä Ilona ja Janne siitä olivat jättäneet jäljelle ja Verna tunsi olonsa epämukavaksi istuessaan vieraan miehen kyljessä niin kiinni. Hän siemaili uutta juomaansa ja mietti kehtaisiko jo soittaa taksin hakemaan itsensä kotiin. Olisi varmaan epäkohteliasta jättää Lauri kärsimään yksin Ilonan ja Jannen kuhertelusta?

Olohuoneessa vallitsi hieman vaivaantunut olotila Laurin ja Vernan kohdalla ja Verna päätti istua lattialla, niin olo ei ollut niin ahdas. Ei aikaakaan, kun Lauri siirtyi Vernan taakse istumaan ja tarrautui voimakkailla käsillään Vernan hartioihin. Verna ei edes yrittänyt kieltää miestä koskemasta hartioihinsa, vaan huokaisi hyvänolontunteesta mitä miehen kädet sai aikaiseksi.

"Sullakin on tosi kireät hartiat," Lauri sanoi, "luin itseni nuorena urheiluhierojaksi, mutta nykysin olen palomiehenä Tampereella hommissa."

"Ai sitä ollaan ihan semmoisia kaikkien naisten unelmamiehiä," Verna naurahti ja huokaisi kivusta, kun Lauri oli löytänyt kunnon kipupisteen, "hierojamies, joka ei itse osaa huollattaa lihaksiaan."

"Näinpä," Lauri naurahti, "käy tuohon matolle makaan, niin on helpompi hieroa."

Verna ei miettinyt kahta kertaa, vaan hörppäsi siideristään ja meni matolle makaamaan. Lauri tarttui vahvoilla käsillään Vernan selkään ja hieroi. Verna tunsi kuinka hän alkoi rentoutua ja muutenkin miehen vahvat kädet tuntuivat uskomattoman hyviltä. Hän kaipasi tällaista kosketusta

Vesalta jatkuvasti, mutta Vesalta ei saanut juuri koskaan mitään suudelmaa kummempaa huomiota.

"Jos me mennään ensin sinne saunaan," Ilona kysyi sohvalta ja he alkoivat tehdä lähtöä Jannen kanssa, "mä luulen Verna, että jään tänne yöksi, että sun pitää sitten vaan mennä taksilla kotiin yksin."

"Siihen mä vähän olin varautunutkin, mutta ei mulla nyt vielä ole kiire lähteä," Verna sanoi poski mattoa vasten silmät kiinni haluten vain nauttia Laurin hieronnasta.

Ilona ja Janne hiipivät saunalle. Lauri nousi ylös, himmensi valoja olohuoneesta, laittoi television kiinni ja laittoi musiikkia soimaan stereoista. Verna nousi istumaan lattialla.

"Uskallatko ottaa paidan pois, niin hieron ihan kunnolla, kun nyt aloitin," Lauri kysyi ja istuutui Vernan viereen lattialle.

"Uskallan mä," Verna sanoi ja riisui paitansa pois käyden lattialle takaisin makaamaan. Lauri irrotti hänen rintaliivinsä hakaset ja alkoi voimakkain ottein taas hieroa Vernan selkää. Hieronta tuntui niin hyvältä, että Verna olisi voinut jäädä miehen isojen käsien alle koko yöksi.

"En tiedä onko kukaan sanonut sulle, mutta olet kyllä ihan helvetin hyvännäköinen nainen," Lauri sanoi hiljaa ja jatkoi hieromista.

Verna kääntyi selälleen ja katsoi Lauria silmiin, joiden hän huomasi nyt vasta olevan aivan taivaan siniset, "ei ihan lähiaikoina."

Verna tunsi kuinka Laurin käsi oli siirtynyt hänen vatsansa päälle Vernan kääntyessä ympäri.

"Harvoin tulee noin kuumaa pakkausta vastaan kuin sä. Olen jo siellä salilla katsellut sua monta kertaa," Lauri sanoi ja Verna nousi istumaan, jolloin Laurin käsi tippui hänen jalkoväliinsä. Verna huokaisi, sillä miehen keho huokui lämpöä ja Verna tunsi kuinka hänen koko kehonsa himoitsi miestä sisälleen.

"Ei mua kovin usein kehuta, ei ainakaan noin komeat miehet," Verna sanoi kuiskaten tuijottaen miehen paksuja huulia.

"Sä et arvaa kuinka paljon mä haluaisin riisua sut just nyt alasti tässä lattialla," Lauri sanoi myös kuiskaten ja lähentyi Vernan kasvoja.

"Sit sun pitää varmaan tehdä niin," Verna sanoi ja tietämättään lähentyi Lauriin päin, niin että heidän huulensa kohtasivat toisensa. Vernasta tuntui, että Lauri imi hänet itseensä ja hän suli miehen alle tämän kaataessa hänet lattialle selälleen ja lopulta työntyessä häneen riisumisen jälkeen. Vernan päähän ei mahtunut mitään muuta kuin himo Lauria kohtaan ja hän huusi mielihyvästä saadessaan orgasmin miehen lihaksikkaan kehon alla. Lauri leikitteli vielä hänen huulillaan pitkään tilanteen jälkeen, auttoi pukeutumaan ja jatkoi selän hieromista kaiken jälkeen. Verna värisi mielihyvästä ja oli unohtanut kokonaan kuka oli, sekä sen mikä oli soveliasta ja mikä ei. Hän halusi saada Lauria lisää.

Ilona ja Janne saapuivat saunasta ilmoittamaan, että Lauri tai Verna voisivat vuoroillaan mennä saunaan. Verna nousi lattialta tokkuraisena ylös ja vilkaisi Laurin säkenöiviin silmiin. Lauri kohotti kulmiaan hymyillen ja Verna hymyili takaisin. Hän käveli keittiöön hakemaan juomaa ja Lauri tuli perässä.

"Ehkä me voidaan mennä yhdessä sinne saunaan," Lauri kysyi varovaisesti.

"Ehkä mun pitäisi lähteä kotiin," Verna sanoi ja otti siiderin käteensä, edelleen tuntien kuinka hänen koko kehonsa oli huumassa Laurin vuoksi.

"Ehkä voisit tulla mun luo yöksi," Lauri kysyi hymyillen ja sen enempää ajattelematta Verna nyökkäsi päätänsä – ihan mitä vaan, jos hän saisi lisää seksiä Laurin kanssa.

He tilasivat taksin ja sanoivat Jannelle ja Ilonalle lähtevänsä kotiin. Taksimatka oli hiljainen, mutta Verna ja Lauri katselivat toisiaan hymyillen. Lauri asui Vernan kodista noin kilometrin päässä ja talo oli pieni rintamamiestalo, joka oli sievä sisältä ja hyvällä maulla sisustettu.

Verna kiersi katselemassa taloa ja Lauri avasi sillä aikaa viinipullon. Lauri ohjasi heidät makuuhuoneeseensa ja sytytti huoneessa olevaan kamiinaan tulen lämmikkeeksi, samaten hän sytytti muutaman kynttilän palamaan valoksi huoneeseen. Vernasta tuntui, että hän oli unessa, sillä ei tällaista voinut käydä hänelle. Miten hän ei ollut huomannut Lauria aiemmin, vaikka mies oli noin syötävän näköinen ja mieletön muutenkin kaikessa mielessä.

He riisuutuivat alusvaatteille vuoteelle ja juttelivat kuntoilusta yhteisen peiton alla. Verna painautui Laurin kainaloon ja Laurin keho kietoutui hänen ympärilleen turvalliseksi viitaksi. Lauri otti molempien viinilasit, laski ne yöpöydälle ja nosti Vernan hiukset sivuun suudellen Vernan niskaa. Verna huokaisi ja tunsi taas polttavan halun sulautua Laurin kanssa yhdeksi. Laurin ei tarvinnut lämmitellä Vernaa sen enempää, vaan hän sai kaataa tämän vuoteelle ja ottaa naisen siinä, saaden tämän huutamaan huumasta taas. He nukahtivat Laurin vuoteessa kietoutuen toisiinsa yöksi.

Verna avasi silmänsä tietäen tasan tarkkaan missä oli ja mitä oli tapahtunut. Lauri hengitti rauhallisesti ja Verna katseli Laurin rauhallisia kasvoja, jotka olivat levolliset. Laurille oli yön aikana tullut pieni parransänki ja Lauri näytti edelleen yhtä komealta kuin eilenkin oli näyttänyt. Laurilla oli lyhyet vaaleat hiukset, vaaleat paksut kulmakarvat ja kasvot olivat voimakaspiirteiset ja miehekkäät. Lauri ynisi unissaan ja Verna siveli miehen karvaista rintakehää sormillaan.

"Huomenta," Lauri sanoi hymyillen unisena, "mä pelkäsin että eilinen olisi ollut vaan unta, tai olisit lähtenyt karkuun."

"Ei en mä karkuun lähtisi ja eilinen ei ollut unta, tai ainakaan toivottavasti ei ollut, koska mä niin haluaisin saada sulta lisää seksiä," Verna sanoi painautuen lähemmäs Lauria ja katsoi Lauria suoraan silmiin. Eilinen säkenöinti palautui Laurin unisiin silmiin, eikä miestä tarvinnut houkutella leikkiin yhtään, sillä Lauri oli heti valmis ja hetken päästä Verna makasi taas tyytyväisenä väristen vuoteella. Verna oli päättänyt jäädä siihen koko päiväksi.

He nukahtivat vielä hetkeksi ja kun Verna heräsi seuraavan kerran, oli Lauri kadonnut hänen viereltään. Verna kuuli ääniä keittiöstä ja kietoi peiton ympärilleen mennen keittiöön, jossa Lauri laittoi aamiaista hymyillen Vernalle tämän saapuessa keittiöön.

"Mun on pakko lähteä kaverille, kun lupasin että lähden auttamaan sitä niiden rakennustyömaalle," Lauri sanoi ja istutti Vernan pöydän ääreen, "tässä kupillinen kahvia, mehua ja munakas neidille."

Verna irvisti mielessään – neiti ei tainnut olla oikea titteli hänelle, mutta hän halunnut korjata Laurin käsitystä asiasta.

"Voisit tulla treenaamaan mun kanssa salille huomenna ja sitten voitais mennä vaikka syömään jonnekin sen jälkeen," Lauri ehdotti ja Verna nyökkäsi hörpäten kuumaa kahvia samalla.

"Hyvä," Lauri sanoi, "mä tulen seitsemän maissa salille ja aletaan silloin hommiin?"

"Joo seitsemän on hyvä kun pääsen kuudelta töistä, niin saan pienen hengähdystauon," Verna sanoi ja hänen katseensa liimautui Laurin vahvaan rintakehään.

"Hei ole kuin kotonasi ja ei ole mitään kiirettä lähteä pois täältä," Lauri sanoi antaen samalla suudelman Vernan suulle ja poistui eteiseen. Verna jäi pitelemään huuliaan, joissa tuntui Laurin polttavien huulien kosteus. Lauri huusi hyvästit eteisestä jättäen Vernan syömään aamiaista yksin hölmistyneenä eilisen ja tämän aamun tapahtumista.

28

2. Päätös

Verna istui sohvan nurkassa juoden kahvia ja tunsi kuinka omatunto jyskytti hänen päässään. Mitä hän oli mennyt tekemään ja ennen kaikkea miten tilanne oli karannut niin totaalisesti käsistä eilen? Vesa oli hänen koko elämänsä ja rakkaansa, jonka kanssa hän halusi elää loppuelämänsä kaikista vaikeuksista huolimatta. Vai oliko? Verna ei osannut muuta kuin tuijottaa seinään. Voisiko hän elää tällaisen salaisuuden kanssa, vai pitäisikö Vesalle kertoa? Ajatus Laurista sai hänet hymyilemään, mutta tieto tulevasta Vesan kohtaamisesta sai kyyneltulvan vyörymään silmiin. Ilona tulisi onneksi pian käymään ja hän saisi purkaa mieltään jollekin.

Verna oli luvannut tavata Laurin huomenna salilla, mutta nyt kun Lauri ei enää ollut vieressä, oli ajatus tapaamisesta ahdistava. Miten hän voisi ikinä enää olla töissä tietäen, että joutuisi kohtaamaan Laurin siellä ja tulla kotiin sen jälkeen katsomaan silmiin aviomiestään, joka oli taatusti täysin uskollinen Vernalle. Vesa olisi viimeinen ihminen maailmassa kuka pettäisi Vernaa. Toisaalta jos Vesa olisi ollut seksuaalisesti aktiivisempi, niin olisiko Verna hypännyt toisen miehen sänkyyn?

Vesa ei koskaan hieronut Vernan hartioita, tai osoittanut mitään fyysistä mielenkiintoa, ellei Verna itse sitä vaatinut. Vesa ei myöskään kehunut häntä kauniiksi, tai saanut tuntemaan itseänsä upeaksi ja haluttavaksi. Olihan Verna kuitenkin hyvännäköinen treenatun vartalonsa kanssa, pitkine vaaleine hiuksineen ja kevyen solariumrusketuksensa kanssa. Lauri oli muutenkin aivan toisenlainen mies kuin Vesa. Vesa oli jäntevä mies, joka oli melko lyhyt ja ei niin piitannut treenaamisesta. Kyllä Vesan toisinaan sai kävelylenkille mukaan, mutta muuten Vesa ei liikunnasta piitannut, kun Vernalle se taas oli elämänkutsumus.

Lauri oli ollut lihaksikas, komea ja kuumavartaloinen mies, jollaisesta Verna ei oikeastaan ollut koskaan haaveillut. Vesa oli kelvannut hänelle ulkonäkönsä puolesta, vaikka heilläkin oli ollut omat vaikeutensa suhteensa alkuvaiheilla Vernan haaveillessa toisen miehen perään, joka olikin sitten ihan oma lukunsa. Vesa pukeutui tummaan pukuun työnsä vuoksi ja Verna oli aina pitänyt miestään komeana bisnesmiehenä, joka kiihotti häntä tyylillään, joten sen vuoksi tuntui hullulta, että hän oli täysin antautunut miehelle, jollaisesta hän ei varsinaisesti edes haaveillut. Verna oli pitänyt salilla

30

treenaavia miehiä niin arkisena näkynä ja hieman itsekeskeisinä, ettei ollut koskaan osannut katsoa heitä siinä mielessä, että yksi heistä voisi olla hänen miehensä. Vesan vika vaan nykyisin oli se, ettei Vesa innostunut enää lähtemään Vernan kanssa minnekään sen jälkeen, kun he olivat viisi vuotta sitten saaneet vakityöt Tampereelta. Verna oli ehdottanut muutaman kerran vähän pidemmän loman pitämistä töistä ja lähtemistään travelleeraamaan jonnekin lämpimään, kuten he olivat tehneet useasti nuorempina. Verna kaipasi vapaata reissaajan elämää, joka oli nyt vaihtunut arkiseksi raadannaksi ja oli muuttanut heidät asunnon omistajiksi, joiden piti maksaa paljon asuntolainaa kuukausittain. Ja sitten tuli vielä eteen Vesan ajatus lasten hankkimisesta, joka tietäisi vieläkin isompaa asuntolainaa tulevaisuudessa, isompaa autoa ja kaiken oman ajan hukkaan heittämistä. Kaikesta siitä huolimatta Verna olisi mieluummin matkustanut vuorokauden taaksepäin ja jättänyt kokematta mielettömän huuman Laurin kanssa ja lopulta suostunut tekemään lapsen Vesan kanssa vasten tahtoaan. Nyt kun ajatus Vesan menettämisestä kävi hänen mielessään, alkoi lapsen saaminenkin tuntua kovin pieneltä asialta suuremman menettämisenpelon rinnalla.

Verna havahtui mietteistään ovikellon soittoon ja juoksi avaamaan oven Ilonalle, joka tuli kylmästä hytisten eteiseen lämmittelemään.

"Kuinka helvetisti joit eilen, kun olet noin krapulaisen näköinen," Ilona kysyi nauraen ja sai Vernan puhkeamaan kunnon kyyneltulvaan, "hei mitä sulle on oikein käynyt?"

"Mä olen tehnyt jotain ihan kamalaa," Verna sai sanottua ja Ilona talutti hänet olohuoneeseen istumaan. Verna ei saanut enempää sanoja suustaan ulos ja Ilona istui sohvalle viereen halaamaan.

"Siis eihän tämä nyt johdu siitä että jätin sut eilen yksin, kun mä en vaan voi pidellä näppejäni erossa Jannesta," Ilona kysyi huolissaan.

"Enkä mä siitä Laurista," Verna sai sanottua ja suuttumus pyyhkäisi hänen lävitsensä Ilonaa kohtaan, "jos sä olisit viitsinyt edes hetken antaa mulle eilen huomiota, niin asiat olisi ihan toisin!"

"Mitä sä nyt meinaat," Ilona kysyi hämmentyneenä, "ei mun ollut tarkoitus jättää sua yksin sen Laurin kanssa. Tekikö se sulle jotain?"

"Joo, kolme mieletöntä orgasmia," Verna sai sanottua, "mä panin sitä kolme kertaa!"

"Mitä," Ilona huudahti järkyttyneenä.

Verna nousi ylös sohvalta ja kulki olohuonetta edestakaisin, "ensimmäisen kerran silloin, kun te olitte saunassa, sitten sen luona illalla ja sitten vielä aamullakin."

Ilona ei sanonut mitään, tuijotti ainoastaan silmät suurina Vernaa.

"Mä en ymmärrä miten siinä kävi niin," Verna sanoi ja istui asteen rauhallisemmalla mielellä Ilonan viereen, "sun pitää luvata, ettet kerro tästä Vesalle."

"En mä kerro, sä tiedät kyllä," Ilona sanoi edelleen hämmentyneenä, "mä en vaan ole ikinä ajatellut, että juuri sä olisit pettäjäluonne."

"En mä tahtoisi ollakaan," Verna huudahti ja kyynelet tulvivat edelleen silmistä, "mä en usko, että mä petin Vesaa, enkä mä tiedä mitä mun pitäisi tehdä."

"No jos sä haluat olla Vesan kanssa, niin sitten et kerro sille," Ilona sanoi mutristellen suutaan ja kuulosti siltä, että oli tosissaan.

"Miten tämmöisen asian kanssa voi elää," Verna nousi taas ylös ja olo oli epätoivoinen, "en mä voi katsoa sitä silmiin enää ja sanoo että rakastan sitä, ihan kun mitään ei olisi tapahtunut."

"No sitten kerrot sille rehellisesti mitä tapahtui," Ilona sanoi yhtä tosissaan kuin äskenkin.

"Jaa että mä kerron sille suoraan, että hei rakas, mä petin sua taas kerran. Muistathan kulta, kun näin kävi silloin parikymppisenäkin kertaalleen ja kun kerran silloinkin annoit anteeksi, niin eiköhän se nytkin onnistu," Verna esitti dramaattisesti leikillään mitä sanoisi Vesalle.

"Toi kyllä kuulostaa ehkä hiukan pahalta," Ilona kurtisti kulmiaan, "nyt mun kyllä pitää sanoa, että olet ihan omillasi."

"Kyllä mä sen tiedän, mutta mä en kestä, jos mä menetän tämän kaiken mitä meillä on," Verna sanoi ja kyyneltulva alkoi tehdä loppuaan, "enkä mä tiedä kestänkö sittenkään, jos en näe enää Lauria."

"Luulen että nyt kaikki vaihtoehdot on tosi huonoja, etenkin kun Lauri on Jannen parhaita ystäviä ja me Jannen kanssa päätettiin eilen, että tämä on virallista nyt," Ilona sanoi mietteliäänä.

"Ihanaa, onneksi olkoon," Verna halasi Ilonaa ja oli vilpittömästi onnellinen Ilonan puolesta.

"No.. Kerropa nyt millainen Lauri oli panona," Ilona kysyi innokkaana päättäen keventää tunnelmaa.

"Mieletön," Verna huokaisi hymyillen, "ihan mieletön."

Ilona hymyili Vernalle tyytyväisenä ystävänsä hyvästä kokemuksesta ja Verna oli hyvillään, kun Ilona ei tuominnut hänen tekoaan pahaksi. Ilona oli ainoa, kenelle Verna uskalsi kertoa asiasta ääneen. Verna keitti kahvia lisää ja istuutui Ilonan kanssa keittiön pöydän ääreen juomaan sitä.

"Mitä sä nyt meinaat sitten tehdä," Ilona kysyi lopulta.

"No ainakin lupasin nähdä Laurin huomenna salilla ja se pyysi mut syömään sen kanssa," Verna sanoi pyöritellen lusikkaa kahvikupissa.

"Ai teillä on oikein treffit," Ilona totesi hymyillen.

"Joo.. Ja sit tässä on vielä yks toinenkin juttu," Verna huokaisi tuijottaen pöytää, "en ehkä muistanut mainita Laurille, että olen varattu."

"Ei hemmetti sun kanssa," Ilona naurahti, "ei kai sitä ole niin vaikeaa ääneen sanoa?"

"No se ei kysynyt ja kun se aamulla kutsui mua neidiksi, niin en mä sitten viitsinyt korjata itseäni rouvaksi. Olisi ollut jotenkin outoa sen seksimäärän jälkeen kertoo siitä," Verna pyöritteli sormillaan hiuksiaan vaivautuneesti, "mutta kyllä mä kerron sille huomenna."

"Voisi olla ihan hyvä juttu," Ilona sanoi ja virnisti leikkisästi Vernalle.

"Sen mä nyt tiedän, että en varmaan ainakaan ihan heti kerro Vesalle. Katson ensin miltä tuntuu ja sitten mietin mitä teen," Verna sanoi ja otti hörpyn kahvistaan, "musta tuntuu, että huonosti tässä käy, tein sit mitä tahansa."

Kello oli vähän vaille seitsemän ja Verna jutteli työkaverinsa kanssa kuntosalin vastaanotossa kun Lauri saapui ovesta sisään. Verna pidätteli hetken hengitystään tuntiessaan perhosten lentelevän vatsansa pohjassa Laurin koko komeuden edessä. Lauri hymyili taas säkenöivin silmin, valkoisen hammasrivin näkyessä ja veti salikorttinsa salin lukulaitteesta läpi.

"Mulla menee viisi minuuttia, niin olen valmis," Lauri sanoi hymyillen ja Verna nyökkäsi. Lauri lähti vaihtamaan vaatteitaan.

"Mitä sä nyt enää ohjaat, kun sähän olet jo päässyt," Essi kysyi ihmeissään ja järjesteli papereita pinoon pöydälle.

"Tämän mä lupasin eilen ottaa ylimääräisenä. En veloita tästä, kun tämä on semmoinen yhteistreeni," Verna sanoi ja sitoi hiuksensa nutturalle.

"Mistä sä tuon olet bongannut, kun toi on niin kuuma mies," Essi huokaisi leikillään.

Verna naurahti, "järjestänkö treffit sulle sen kanssa?"

"En mä kehtaa asiakkaan kanssa," Essi sanoi irvistäen harmissaan, "mutta muuten menisin heti sen kanssa!"

Vernaa nauratti taas Essin innostus, sillä tämä mies oli kokonaan Vernan oma, vaikka Essi sitä ei koskaan saisikaan tietää.

"Illu itse asiassa seurustelee tuon Laurin kaverin kanssa, joten siitä mä sen tiedän ja lupasin pitää yhteistreenin sille. Katsotaan mihin tuon miehen kunto riittää," Verna sanoi viekkaasti ja näki kuinka Lauri tuli treenivaatteet päällä aulaan odottamaan.

Verna nosti toista kulmaansa ovelasti hymyillen, "menen nyt ruoskimaan siitä virrat pois."

Essi naurahti ja Verna lähti Laurin luo. Tuntui kuin salilla ei olisi ollut enää ketään muita kuin Lauri ja hän ja Verna olisi ollut valmis kaatamaan Laurin maahan rakastellen tämän kanssa heti siinä paikassa. Verna havahtui todellisuuteen Laurin tökätessä häntä kylkeen ja kysyessä oliko Verna valmis. He lähtivät treenaamaan ja Verna piti huolta, että Lauri ei päässyt helpolla ja pakotti miehen vielä venyttelemäänkin treenin päälle. He istuivat hetken infrapunasaunassa ja lähtivät sitten ravintolaan syömään.

Lauri näytti komealta farkuissa ja tiukassa trikoopaidassaan, nauttien selvästi siitä miltä näytti ja halusi muidenkin näkevän salilla tehtyjen töiden tulokset. He söivät mahansa täyteen ja Lauri maksoi herrasmiehenä ruoat, jonka jälkeen hän ajoi heidät Laurin talolle. He katselivat hetken televisiota ja sen enempää puhumatta menivät Laurin vuoteeseen valmistautuakseen nukkumaan menoon. Vernalla ei käynyt mielessäkään se, että hän olisi mennyt kotiinsa. Vesa oli taas totaalisesti unohdettu.

"Huomenna mä olen siten töissä ja ylihuominen menee nukkuessa, mutta viikonloppuna olisin vapaana," Lauri sanoi ja laittoi puhelimensa lataukseen.

Verna tunsi piston sydämessään viikonlopusta, sillä Vesa olisi silloin jälleen kotona, "mä olen töissä ja mulla on menoa aika paljon."

"Ensiviikolla Elkku onkin sitten mun luona," Lauri sanoi, "esittelisin sut mielelläni Elkulle, mutta ehkä vielä on hieman liian aikaista."

"Joo, ehkäpä," Verna sanoi ja puri huultansa. Oliko Laurilla aikomus olla tulevaisuudessakin Vernan seurassa? Tästä ei kyllä tilanne voinut enää huonommaksi mennä. Olisi paljon helpompaa, jos Vesa nyt ilmoittaisi, että oli löytänyt toisen naisen ja lähtisi tämän matkaan, tai jos Lauri ilmoittaisi, että seksi oli hyvää, mutta muuten Verna ei nyt sopinut tämän elämään.

"Voitas me käydä vaikka kahvilla ensiviikolla jossain huoltoasemalla, niin näet Elkun sit samalla. Se on ihan loistava tapaus," Lauri sanoi ja kääntyi kasvot Vernaan päin makaamaan vuoteella.

"Ehkä," Verna sanoi ja ihaili Laurin vahvoja kasvojen piirteitä. Miten hän ei ollut ikinä voinut kuvitella makaavansa treenatun miehen kanssa?

"Ja siis sano oikeasti, jos et halua tavata Elkkua, tai jos tuntuu liian nopealta, kun mulla ei ole kokemusta eron jälkeen mistään seurustelusta," Lauri sanoi huokaisten, "en mä tiedä enää miten tämmöiset jutut menee."

"Ei tämä tunnu liian nopealta muuten, mutta ehkä on parempi odottaa sitä Elkun tapaamista hiukan aikaa. Nähdään vaikka salilla muutaman kerran ja sitten kun Elkulla on äitiviikko niin sitten voidaan nähdä taas enemmän," Verna sanoi ja siveli Laurin hiuksia, "kauan teidän erosta on aikaa?"

"Puoli vuotta," Lauri sanoi, "ihan yhteinen päätös ja silleen, mutta nyt vasta on alkanut tuntua siltä, että seurustelu voisi tuntua kivalta."

Verna nyökytti päätään ja päätti aloittaa tämän ihmissuhteen rehellisyydellä, "mun pitää nyt kertoo sulle yksi juttu."

"Mikäs neidillä on sydämellään," Lauri kysyi ja nautti selvästi Vernan kosketuksesta.

"Mä en ole neiti," Verna irvisti.

"Ero päällä vai," Lauri kysyi ja avasi silmänsä huolestuneena.

"Kohta varmaan on," Verna nousi huokaisten istumaan ja nojasi päänsä polviin, "tämä kaikki on nyt mennyt hiukan yli mun ymmärryksen."

"Voisitko selittää niin että mä pysyn nyt kunnolla mukana," Laurikin nousi istumaan vakavana.

"Mä olen tosi pahoillani tästä," Verna sanoi aidosti pahoillaan mutristaen suutaan, "mutta mä olen naimisissa ja mun mies on tällä hetkellä työmatkalla Tallinnassa."

Lauri oli hetken ihan hiljaa ja Verna yritti lukea Laurista mitä tämä ajatteli, mutta Laurin katse oli vain hämmästynyt.

"Mä en ole ikinä, IKINÄ ajatellut, että mä tekisin jotain tällaista mun miehelle," Verna sanoi hiljaa.

"Mitä helvettiä sä sitten teet mun sängyssä," Lauri nousi seisomaan sängyn viereen hämmästyneenä.

"Koska sussa on jotain, mikä saa mut haluamaan sun läheisyyttä koko ajan lisää. Mä en voi olla ajattelematta sua ja sitä mitä tapahtui pari päivää sitten," Verna nousi polvilleen ja hivuttautui vuoteella lattialla seisovaa Lauria kohti.

"Ei helvetti!" Lauri tuhahti vihaisesti naurahtaen, "en mä kyllä tarvitse tämmöistä paskaa eron jälkeen."

"Mutta mä tarvitsen sua," Verna sanoi ja nousi lattialle seisomaan Laurin eteen, "mä en halua enää sun jälkeen mun miestä, vaan mä haluan sut."

Verna hämmentyi itsekin sanoistaan ja tarkoitti joka ikistä niistä, sillä kun Lauri seisoi hänen edessään, oli Lauri todella se mitä hän halusi ja kenen kosketusta hän himoitsi.

"Mihinköhän paskaan mä taas menen sotkemaan itseni, jos mä sun kanssa alan johonkin," Lauri pudisteli päätään.

"Mä sen paskan aiheutan, niin se on silloin mun ongelmani, kunhan vaan olet mun kanssa," Verna sanoi ja laski kätensä Laurin voimakkaan rintakehän päälle.

Lauri katsoi Vernaa hetken silmiin ja tarrautui sitten Vernan niskasta kiinni kumartuen suutelemaan Vernan huulia. Verna tunsi sulavansa Laurin käsivarsille ja he rakastelivat. Sanaakaan sanomatta he nukahtivat taas toisiinsa kietoutuneina.

Aamulla Verna heräsi siihen, kun Lauri hyväili hänen olkapäätään. Verna huokaisi helpotuksesta siitä, ettei Lauri ollut kadonnut mihinkään ja kääntyi Lauriin päin.

"Mitä luulet, miten se sun aviomies reagoi tähän," Lauri kysyi ja kääntyi selälleen vuoteella.

"En tiedä," Verna huokaisi, "enkä mä olisi vajaa viikko sitten edes uskonut, että joudun ottamaan siitä selvää."

"Entä jos se puhuu sut jäämään, tai siis oletko ihan varma, että haluat jättää sen," Lauri kysyi huolestuneen kuuloisena.

"On Vesa ihan hyvä tyyppi, mutta en mä ole sen kanssa kokenut mitään tämmöistä kuin sun kanssa," Verna sanoi ja nosti kätensä taas Laurin rintakehälle leikitelläkseen Laurin rintakarvoilla, "nyt mä ehkä ymmärrän vasta, että me ollaan eletty kuin kämppikset ja olen jäänyt ihan paitsi kaikesta tämmöisestä, mitä nyt olen sun kanssa parin päivän aikana kokenut."

"Mä vaan pelkään, että sä et sit kuitenkaan jää mun luo, tai mietin lähinnä, et voiko suhun luottaa, kun teit noin sun miehelle," Lauri kysyi ja Verna hiljeni. Hän ei uskaltanut sanoa enää, että tämä oli jo toinen kerta kun näin kävi.

"Kyllä sä muhun voit luottaa, tulet vielä huomaan sen," Verna sanoi ja pujottautui Laurin kainaloon, "usko mua, kun sanon että olen tämän kaiken arvoinen."

Lauri hymähti hyvillään rutistaen samalla Vernan itseään vasten, "kyllä mä nyt aion tämän jutun katsoa loppuun, kun en ole aikoihin tuntenut mitään tämmöistä ketään kohtaan."

Verna riutui ikävästä Laurin ollessa töissä ja pelkäsi Vesan kohtaamista tämän päivän iltana. Pelkkä ajatuskin siitä, että hänen pitäisi kertoa kaikki Vesalle, sai hänen henkensä salpaantumaan, mutta kyllä hän ymmärsi, ettei Vesalla ja hänellä ollut mitään tulevaisuutta tapahtuneen jälkeen. Ajatus Vesan kosketuksesta tuntui epämiellyttävältä ja väärältä Laurin jäljiltä. Miten yksi viikko pystyi muuttamaan kaikki tunteet näin totaalisesti?

Verna oli kiltisti viestitellyt Vesan kanssa koko viikon, kuten yleensä. He eivät juurikaan soitelleet Vesan työmatkojen aikana, mutta kertoivat päiviensä tapahtumista viestein, jos niilläkään aina. Verna oli levoton ja ahdistunut, eikä hän osannut tehdä mitään mikä saisi hänen aikansa kulumaan paremmin.

Verna havahtui ajatuksistaan puhelimensa soittoon ja tarttui siihen hymyillen vastaten Laurille.

"Oliko se sun asuntosi punaisissa rivitaloissa Kuusikadun varrella," Lauri kysyi.

"Joo," Verna sanoi hämmentyneenä, "oletko sä siellä kaverisi rakennuksella nyt?"

"Ei kun olen sun kämpän ulkopuolella," Lauri sanoi.

"Mutta sulla piti olla menoa," Verna sanoi hämmentyneenä.

43

"On joo heti kun olen saanut olla sun kanssa hetken," Lauri huokaisi.

Verna kuuli kuinka ovikello soi ja meni avaamaan oven, jonka takana Lauri seisoi nojaten kädellään ovenpieleen.

"Tässä mä olen," Verna sanoi hymyillen ja tunsi kuinka Lauri painautui halaamaan häntä.

"Mä en pysty tekemään mitään, kun vaan ajattelen sua koko ajan," Lauri sanoi ja riisui ulkovaatteensa naulakkoon, "mitä sä olet tehnyt mulle?"

"Mä olen tämmöinen noita," Verna siristi silmiään hymyillen, "noidun kaikki miehet, jotka katsoo mua alasti."

"Niin just. Ja nyt mä haluun nähdä sut taas alasti," Lauri sanoi ja alkoi repiä vaatteita Vernan päältä, eikä Verna vastustellut, kun Lauri rakasteli hänen kanssaan Vesan ja Vernan yhteisessä vuoteessa. He jäivät makaamaan vuoteelle hetkeksi aikaa.

"Tuntuu ihan hirveältä odottaa iltaa," Verna sanoi huokaisten ja nousi istumaan vuoteen laidalle, "kun en mä haluisi Vesaa näin loukata."

"Hei mä sanon sulle saman kun sä mulle," Lauri otti Vernan kainaloonsa taas, "mä olen sen arvoinen, että tämä kannattaa tehdä."

Verna suuteli Lauria hymyillen.

"Tule mun luokse kun olet kertonut," Lauri sanoi, "odotan sua vaikka koko yön. Menet sitten töihin meiltä."

"Mä tulen," Verna sanoi huokaisten onnesta. Laurin tulo oli saanut hänen olonsa Vesan jättämisestä helpottamaan ja kun hän tiesi Laurin odottavan häntä illalla, tulisi tästä kaikesta paljon helpompaa.

Verna ja Lauri pukeutuivat ja Verna keitti vielä kahvit heille. Lauri kiersi asunnon läpi ja katseli valokuvia seinillä.

"Täytyy myöntää, että on outoa nähdä sun hääkuvas seinällä," Lauri sanoi tuijottaen Vernan ja Vesan hääkuvaa, "toi Vesa ei ole yhtään sen näköinen millaisen tyypin kuvittelisin sun mieheksi."

"Vesa on semmoinen tulinen luonne," Verna sanoi, "ja kai siinä oli jotain ihanaa, kun sen kanssa menin naimisiin."

Tiesihän Verna kaikki Vesan hyvät puolet, mutta ei hän halunnut luetella uudelle miehelleen tulevan ex-miehensä hyviä puolia.

"Hitto kun en arvannut, että voisin olla näin mustasukkainen tuosta sun miehestä nyt kun näin sen kuvan," Lauri sanoi huolestuneena omista tuntemuksistaan.

"Ex-miehestä Lauri," Verna meni Laurin luokse, "sä olet nyt mun mies."

Lauri vilautti hymyn Vernalle. Lopulta Laurin täytyi lähteä ja jättää Verna yksin odottamaan Vesaa kotiin, joka odotti näkevänsä vaimonsa normaalisti käyttäytyvänä.

Verna oli ehtinyt pakata laukkuun tärkeimmät tavaransa, joita tarvitsisi viikonlopun aikana Laurin luona. Vesan auto saapui pihaan ja Verna istui olohuoneessa odottamassa Vesan sisälle saapumista jännittyneenä.

Vesa avasi oven ja astui ulkoeteiseen. Verna suoristi selkänsä sohvalla ja istui jäykkänä odottamassa tulevaa.

"Mulla on sulle tuliaisia," Vesa huusi eteisestä ja riisui vaatteitaan.

"Jaa mulle," Verna kysyi hämmentyneenä, sillä eihän Vesa ikinä tuonut hänelle mitään matkoiltaan ja nyt oli todellakin huono hetki sellaisen tavan aloittamiseen.

"Joo näin tuon Tallinnassa ja oli pakko ostaa se kun tulit siitä mieleen," Vesa tuli olohuoneeseen pienen rasian kanssa.

"En mä voi kyllä ottaa sitä vastaan," Verna sanoi ja toivoi, ettei Vesa tyrkyttäisi rasiaa hänelle, mutta toive osoittautui vain toiveeksi.

"Ota nyt," Vesa sanoi ja istuutui sohvalle.

Verna huokaisi ja avasi rasian, jossa oli kultainen kaulaketju ja siinä kaunis sydänriipus, jossa oli punainen timantti koristeena. Koru oli kaunis ja Verna tunsi kuinka pala nousi kurkkuun. Hänen oli pitänyt vain sanoa, että lähtee, mutta Vesa ei tehnyt tilannetta helpoksi.

"No mitä pidät siitä," Vesa kysyi, "mä aion maanantaina anoa nyt sen siirron tänne, niin sitten olen sun aina iltaisin, ihan joka päivä."

Vesa nousi ylös halaamaan Vernaa ja Verna halasi takaisin tietäen, että se olisi luultavasti viimeinen kerta kun hän Vesaa enää saisi halata. Miksi tämä kaikki tuntui nyt niin pahalta, vaikka hän oli Laurin vierailun aikana ollut täysin varma päätöksestään.

"Koru on ihana, eikä sun tarvitse anoo sitä siirtoa," Verna sanoi istuutuen sohvalle samalla.

"Ei kun kyllä mä nyt anon kun lupasin," Vesa alkoi purkaa laukkuaan.

"Vesa mä muutan pois," Verna sai sanottua sanat suustaan ulos, vaikka tuntui että ne takertuivat kurkkuun. Vesan liikkeet hidastuivat.

"Miten niin muutat pois," Vesa kysyi selkä Vernaan päin.

"Mä haluan eron," Verna yritti pitää itsensä kasassa, "täällä tapahtui jotain sillä aikaa kun olit poissa."

Vesa kääntyi Vernaan päin ja hivuttautui istumaan Vernan vieressä olevaan nojatuoliin.

"Mä en tarkoituksella ajautunut siihen, mutta mä petin sua tämän viikon aikana ja sä tiedät, ettei tämä nyt enää voi jatkua sen vuoksi," Verna sai sanottua ja nieleskeli itkua, hänestä tuntui ihan kuin rintakehä olisi painautunut kasaan.

"Vittu mä en kyllä usko tätä todeksi," Vesa sanoi naurahtaen, "kai sä oikeasti kusetat mua?"

"Mä olen niin pahoillani Vesa," Verna sanoi tarkoittaen sitä, mutta hiljeni kun Vesa nousi nojatuolista ylös.

"Jotenkin tulee deja vu –olo tästä," Vesa sanoi rauhallisesti, mutta paiskasi käsistään muovikassin seinään, "miten vitussa mä olen voinut olettaa että sä olisit pysynyt uskollisena?"

Verna ei uskaltanut sanoa mitään, sillä hän tiesi, ettei Vesaa kannattanut ärsyttää yhtään enempää.

"Mitä vittua Verna," Vesa huusi vihaisena, "siis mä olen tuhlannut viimeset neljätoista vuotta ihan turhaan sun kanssa, kun tyhmänä annoin sun ryömiä silloin edellisen kerran jälkeen takaisin!"

"Mä en olisi halunnut loukata sua näin," Verna aloitti, mutta Vesa karjui olemaan hiljaa. Verna nousi ylös sydän takoen ja meni hakemaan laukkunsa makuuhuoneesta.

"Joo voit painua vittuun tästä kämpästä ja en halua nähdä sua enää ikinä," Vesa raivosi, "ja jos tulet lähellekin niin käyn väkivaltaiseksi!"

Verna puki äkkiä vaatteet yllensä pelonsekaisesti ja oli juuri avaamassa välieteisen ovea kun Vesa tuli väliin. Verna vetäytyi vaistomaisesti taaksepäin.

"Kuinka kauan olet oikeasti pannut sitä miestä," Vesa kysyi matalalla äänellä.

"Tällä viikolla," Verna sanoi hiljaa katsoen lattiaan, eikä halunnut kertoa, että oli tehnyt sitä monta kertaa ja että se oli ollut ihanaa.

"Mä olen antanut kaikkeni sulle," Vesa sanoi ja otti Vernaa leuasta kiinni kääntäen tämän katseen itseensä päin, "mitä mun olisi pitänyt tehdä toisin, että näin ei olisi taas käynyt."

"Vesa ei tämä ole susta johtuvaa," Verna sanoi hiljaa ja katsoi Vesan ruskeisiin silmiin, "ehkä mä olen sitten vaan tämmöinen."

Vesa piteli hetken vielä Vernaa leuasta kiinni porautuen vihaisella katseellaan Vernaan ja kääntyi sitten lyöden kevyesti nyrkillä eteisen ovea. Hän löi vielä toisenkin kerran hieman kovempaa ja tarttui sitten Vernan hartioista kiinni. Verna ei uskaltanut edes hengittää kunnolla, sillä Vesan käytös pelotti häntä. Vesa tönäsi Vernan seinää päin, huusi muutaman kirosanan ja löi makuuhuoneen oveen reiän nyrkillään jääden kiroilemaan kivun vuoksi eteiseen.

"Sä olet ihan sekasin," Verna tuhahti Vesalle ja yritti katsoa Vesan kättä, mutta Vesa ei antanut koskea käteensä, vaan riuhtaisi sen vihaisena irti Vernan otteesta. Sen verran Vernakin ymmärsi, että käsi oli luultavasti murtunut kun oli heti niin turvonneen näköinen.

Verna haki keittovihannespussin pakkasesta pyyhkeen sisälle ja istutti Vesan väkisin sohvalle painaen pussin Vesan kättä vasten.

"Jos meinaat rikkoa vielä jotain ovia tai ruumiinosia, niin nyt olisi hyvä vaihe hakata ne paskaksi, niin vien sut sairaalaan," Verna sanoi vihaisena ja pelko Vesaa kohtaan oli hävinnyt ärtymykseksi.

"Vittu että tekee kipeää," Vesa vaikeroi nojatuolissa.

"Ihan oikein sulle, kun oli pakko tehdä noin," Verna kuittasi ja haki Vesan takin eteisestä viskaten sen Vesan päälle, "pue toi päällesi, niin vien sut ensiapuun."

Vesa yritti pukea takin ylleen, mutta ei onnistunut käden kivun vuoksi, joten Verna auttoi. Hän saattoi järkyttyneen aviomiehensä autoon istumaan ja ajoi ensiavun pihaan. Verna nousi avaamaan Vesalle oven ja Vesa nousi nolona autosta ylös.

Vesa jäi seisomaan Vernan eteen ja tuijotti hetken taas Vernaa silmiin ruskeilla silmillään, mutta nyt viha oli muuttunut suruksi, "mitä mä teen ilman sua?"

"Vesa sä saat mahdollisuuden perustaa perheen jonkun toisen kanssa," Verna sanoi ja nosti kätensä Vesan poskea vasten, "mä en ehkä ole kuitenkaan oikea nainen sulle."

"Älä jätä mua," Vesa alkoi kyynelehtiä ja Verna silitti Vesan poskea.

"Sä menet nyt tuonne ensiapuun kipsaan tuon kätesi. Tulen katsomaan tavarani pois sieltä kämpästä ja voin pitää sen asunnon, jos haluat, mutta sun täytyy nyt jatkaa elämääsi ilman mua," Verna sanoi ja sulki repsikan puolen oven.

Vesa otti muutaman askelen ensiavun ovia kohden ja kääntyi Vernaa päin.

Verna oli nousemassa autoonsa ja vilkaisi vielä Vesaan, "ja kun mietit tätä asiaa, niin kyllä mä sua rakastan, mutta meillä on vaan liian erilaiset haaveet tulevaisuudesta."

Verna meni autoon ja lähti ajamaan Laurin taloa kohti, eikä edes huomannut kuinka oli ajanut kaupungin läpi Laurin pihaan. Hän oli tyhjä. Tuntui pahalta jättää Vesa pakkaseen seisomaan yksin selviämään ensiapuun ja kärsimään murtuneen käden kivut, joita ei nyt olisi ilman Vernaa. Verna sammutti auton ja katsoi Laurin taloa, jonka ikkunoista näkyi valoa ja savupiipusta tuli savua. Hän nousi ulos autosta, otti laukkunsa ja käveli sisälle. Lauri tuli hiljaa eteiseen kuivaten käsiä pyyhkeeseen.

"Miten meni," Lauri kysyi.

Verna kohautti hartioitaan, mutta tunsi kuinka mieletön itkutulva oli tulossa ulos. Hän oli saanut hillittyä itsensä Vesan läsnä ollessa niin hyvin, ettei ollut tirauttanut kyyneltäkään ja pian se tulisi kaikki ulos loputtomana tulvana. Verna riisui vaatteensa ja käveli ilmeettömänä olohuoneeseen.

"Onko kaikki hyvin," Lauri kysyi tullen halaamaan Vernaa ja sillä hetkellä Verna ei saanut enää pidettyä itkua sisällään vaan ulvoi Lauria vasten pahaa mieltään pois. Lauri seisoi paikallaan hievahtamatta, eikä päästänyt Vernaa halauksestaan pois. Sinä iltana he kävivät nukkumaan rakastelematta, mutta koko yönä Lauri ei päästänyt Vernaa otteestaan.

Aamulla Verna heräsi kahvin tuoksuun tietäen, että Lauri oli laittamassa aamiaista, kuten viimeksi. Verna nousi vuoteen laidalle istumaan tunnustellen silmiään, jotka olivat itkusta turvoksissa, eikä hän olisi jaksanut nousta töihin millään. Hän oli väsynyt ja masentunut eilisestä, vaikka oli varmasti tehnyt oikean ratkaisun. Laurin vuode oli ihana kyllä, mutta se ei tuntunut omalta. Oliko hän tehnyt ratkaisunsa kuitenkin liian nopeasti? Verna huokaisi – ei ollut, hän oli pettänyt Vesaa ja sitä tosiasiaa hän ei saisi katoamaan minnekään, vaikka eilinen kuinka harmittaisi.

"Joko sä olet herännyt," Lauri tuli ovelle seisomaan hyvältä näyttäen.

Verna nyökytti päätään hymyillen, "väsyttää ihan älyttömästi."

"Et vissiin saanut nukuttua kunnolla," Lauri kysyi ja tuli vuoteen laidalle viereen istumaan, "me selvitään tästä. Mä tiedän mitä eroaminen on ja olen tässä sun tukena."

"Kiitos," Verna sanoi painaen päänsä Laurin olkapäähän, "mulla on tästä ihan hirveä fiilis, mutta silti niin hyvä."

"Kyllä tämä tästä," Lauri sanoi ja nousi ylös, "tule nyt kahville, niin heräät tähän päivään."

Verna raahautui keittiöön, jossa odotti taas täyden palvelun aamiainen, tosin tällä kertaa Laurikin istui pöydän ääreen syömään.

"Mihinköhän mä menen ensi viikoksi kun Elias on täällä," Verna kysyi hiljaa.

"Olet täällä vaan," Lauri sanoi ojentaen keitettyjä kananmunia Vernalle, "kyllä Elkku sopeutuu, se on tosi sosiaalinen."

"Jaa sekö ei sitten ole yhtään ihmeissään isiviikolla, kun talossa onkin uusi emäntä," Verna kysyi hämillään.

"Sanotaan totuus, että sä olet täällä sen vuoksi kun sulla ei ollut muuta paikkaa mihin mennä," Lauri sanoi ja otti Vernaa kädestä kiinni, "kyllä tämä järjestyy ja haet tavarasi tänne, niin pääset kotiutuun. Elkun nähden ei kyllä saa vielä pussailla, mutta selän takana sitäkin enemmän."

Verna huokasi nyökyttäen päätänsä ja hymyili Laurille. Oli hyvä tietää, että oli joku paikka minne hän oli tervetullut.

"Mä ajattelin lähtee kohta salille ja huomenna onkin sitten taas työvuoro," Lauri sanoi haukaten leipäänsä samalla, "maanantaina nukun siihen asti kun Elias tulee koulusta tänne."

"Onko se tuossa alakoulussa," Verna kysyi osoittaen ikkunasta näkyvää alakoulua.

"On joo ja Eliaksen äiti asuu tuossa kulman takan noissa rivitaloissa, mitkä just ja just näkyy tähän," Lauri osoitti ulos, "todettiin et Elkun kannalta tämä on hyvä ratkaisu."

"Mä sitten yritän keksiä tekemistä maanantain vapaalla, etten herätä sua. Menen vaikka uimaan tai jotain," Verna sanoi ja oli juonut jo koko kahvikuppinsa.

"Kuten sanoin, niin olet kun kotonasi. On varmaan vähän opettelua kun kumpikaan ei tiedä toistensa elämänmenoista mitään," Lauri totesi ja vilautti hymyn Vernalle.

"Ihan sama, jos vaan seksi sujuu," Verna sanoi leikillään nikaten silmää Laurille.

"No sehän sujuu, voin vaikka heti näyttää," Lauri nikkasi silmää takaisin.

"Näytä vaan, tarvitsen lohtuseksiä eilisen vuoksi," Verna sanoi ja he juoksivat kilpaa makuuhuoneeseen, sillä se oli tällä hetkellä ainoa paikka jossa he tunsivat toisensa kunnolla.

3. Lisää päätöksiä

Lauri oli ihana ja huomaavainen mies ja isä Eliakselle, vaikka Vernasta tuntui, ettei ikinä tulisi sopeutumaan täysin äitipuolen rooliin. Elias oli puhelias poika, joka tuntui tottuvan Vernan läsnäoloon nopeasti, eikä Elias tuntunut olevan isästään mustasukkainen. Muutama viikko vierähti Laurin luona nopeasti ja kun Eliaksella oli äitiviikko, niin Laurin kanssa elämä sujui leppoisasti. Vernasta tuntui, että ensimmäisen kerran elämässään hänellä oli mies, joka ymmärsi hänen työstään jotain ja oli helpottavaa, ettei Lauri ollut vaatimassa lapsen tekemistä tai ylipäänsä tuntunut haaveilevan lapsista.

Vernan oli lopulta pakko lähteä hakemaan Vesan luota laskunsa pois ja pakata tavaransa, mikäli Vesa haluaisi pitää asunnon. Ajatus Vesan näkemisestä oli ahdistava, sillä Laurin luona Vernan ei ollut tarvinnut juurikaan ajatella tulevan avioeronsa seurauksia. Mitä Vernan vanhemmat sanoisivat erosta, tai miten Vesan äiti Riitta suhtautuisi asiaan? Riitasta oli tullut vuosien varrella hyvä ystävä Vernalle ja hän luultavasti menettäisi kaiken jälkeen ystävyytensä Vesan äidin kanssa. Luultavasti Vesa ei juurikaan ollut erosta vielä puhunut, kuten ei Verna itsekään, sillä Verna ei ollut saanut yhtään selvityssoittoa tutuiltaan. Oli hyvä väli setviä asioita Vesan kanssa kun Lauri oli taas kiinni töissä vuorokauden, jolloin Verna voisi rauhassa jutella Vesan kanssa ja selvitellä asioita. Verna saapui entisen kotinsa ovelle huokaisten ja mietti olisiko hänellä oikeutta mennä omilla avaimillaan sisälle. Hän päätti soittaa ovikelloa ja avata sitten oven avaimillaan. Vesa oli tulossa jo avaamaan ovea kun Verna pääsi eteiseen. He seisahtuivat hetkeksi tuijottamaan toisiaan ja lopulta Verna nosti kätensä tervehtien samalla. Vesa nosti toisen kätensä ylös nolosti naurahtaen ja Verna pudisteli päätään hetken hymyillen nähdessään Vesan kädessä olevan kipsin.

"Se sitten murtui," Verna huokaisi naurahtaen.

"Joo rystynen meni ja käsi on nyt kuukauden kipsissä," Vesa sanoi ja he kävelivät olohuoneeseen, "olisin saanut sen verran sairaslomaakin."

"Mutta et ottanut," Verna totesi ja muisti taas miksi oli tehnyt ratkaisunsa Laurin luo päätymisen suhteen – Vesa oli aina töissä. Vesa näytti hyvältä, joskin väsyneeltä ja oli päästänyt pienen parransängen kasvamaan leukaansa.

"No joo en ottanut, mutta en sentään ole reissussa ollut, vaan ihan tuossa toimistolla viikot ja viikonloput olen nyt vapaalla," Vesa huokaisi.

He olivat hetken hiljaa.

"Mitäs nyt sitten tästä eteenpäin," Verna kysyi hiljaa ja huokaisi, "mä en oikein tiedä miten tässä pitäisi nyt toimia ettei sulla olisi paska olo."

"Ei kai sellaista tapaa olekaan," Vesa totesi ivallisesti, mutta muutti äänensävyään, "mä en vaan jaksa riidellä kun on ihan tarpeeksi riidelty lähiaikoina. Ehkä tämä tosiaan oli oikea ratkaisu, kun ei mikään suhde onnistu jos se perustuu valheelle."

"Mä olen niin pahoillani siitä mitä olen sulle tehnyt," Verna sanoi anteeksipyytävästi.

"En mäkään mikään puhdas pulmunen ole," Vesa huokaisi, "mutta antaa nyt olla."

"Miten niin et ole," Verna kysyi siristäen silmiään, "onko sullakin ollut joku hoito?!"

"Ei. Ei todellakaan ole," Vesa sanoi, "mä en ole sellainen joka hyppii naisten perässä panemassa kun on vaimo kotona. Mutta kaikilla meillä on salaisuutemme."

"Ai," Verna sanoi harmissaan, sillä olisi ollut helpompaa jos Vesakin olisi käynyt vieraissa, "mitä sulla sitten on omallatunnolla?"

"Ei sillä ole enää väliä," Vesa sanoi ja nousi ylös, "mä haen paperia niin tehdään tämä ero paperille, niin ei tule jälkeenpäin mitään sanottavaa."

Verna mutristi suutaan – ei yllättänyt yhtään, että Vesa halusi kirjata kaiken ylös. Vesa saapui vihkonsa kanssa olohuoneeseen.

"Ihan ensimmäisenä tämä asunto," Vesa aloitti, "mä en halua tätä."

Verna nousi ylös ja käveli katsomaan olohuoneen kirjahyllyn valokuvia. Hän oli koko ajan ajatellut haluavansa pitää asunnon, mutta nyt kun hän oli siellä, niin ajatus siitä ahdisti. Hän ei pystyisi ikinä pitämään asuntoa hänen kotinaan, vaan se olisi aina hänen ja Vesan entinen koti.

"En mä pysty täällä asumaan kun täällä on kaikki muistot susta," Verna sanoi ja tunsi kuinka pala nousi kurkkuun. Nyt kun eron hetki oli puheen aiheena ja tilanne oli todellinen, alkoi Vernasta tuntua kuitenkin pahalta, vaikka kaiken oli pitänyt olla selvää. Olihan Vesa ollut ihana puoliso kaikkine vioistaan huolimatta.

"Eli myyntiin," Vesa kysyi ja Verna nyökkäsi.

"Mun on pakko saada lasillinen viiniä," Verna sanoi ja haki viinipullon ja pari lasia keittiöstä, "tämä tuntuu ihan hirveältä, siis erota susta."

"Eikös tämä ollut sulle helppo päätös," Vesa tuhahti ja otti vastaan täyden viinilasin Vernalta.

"Piti, mutta mä olen elänyt sun kanssa niin pitkään, että mulla on tosi orpo olo kun tiedän että sä et ole enää mun elämässä," Verna sanoi ja muutama kyynel kirposi Vernan silmiin.

"Niin no, kai siihen tottuu, siis siihen että säkään et ole enää täällä kun tulen kotiin," Vesa sanoi ja nosti lasinsa ylös maljan merkiksi, "erolle."

"Kyllä mä haluan pysyä sun ystävänä ja olisihan se helpompaa kavereillekin, jos ollaan väleissä," Verna sanoi ja hörppäsi lasistaan.

"En tiedä onko musta siihen," Vesa huokaisi, "mä en kestä jos näen sen sun uuden miehen."

"Lauri, sen nimi on Lauri," Verna sanoi ja laski katseensa maahan.

Vesa ei sanonut mitään hetkeen, mutta totesi kylmästi, "mä hoidan välittäjän tänne ja laitetaan myyntiin tämä asunto mahdollisimman nopeasti, että päästään hoitamaan ero loppuun."

Verna nyökkäsi ja oli ymmärtänyt vihjeen olla puhumatta Laurista enempää. Ehkä he eivät oikeasti pystyisi olemaan Vesan kanssa ystäviä, vaikka Verna olikin niin toivonut. Toisaalta hän oli saanut jotain niin ihanaa elämäänsä, että ajatus Vesan menettämisestä lopullisesti ei oikeastaan siltikään tuntunut niin pahalta, mitä hän kuvitteli.

He jakoivat tavaransa viinipullon tyhjentyessä loppuun ja Verna jäi pakkaamaan tavaransa laatikoihin, joita veisi Laurin luokse. Vernalla meni iltaan asti muuttopuuhissa ja kun hän oli saanut viimeiset laatikot pakattua eteiseen, hän päätti ottaa kaapista muutaman viinipullon mukaansa ja juoda ne Laurin luona, nyt kun hänellä olisi koko ilta aikaa itsellensä. Lauri ja hän hakisivat aamulla Vernan tavarat Laurin luokse, ettei Vernan tarvinnut enää illasta niitä kantaa.

Verna sytytti muutaman kynttilän palamaan Laurin olohuoneessa, avasi viinipullon ja laittoi musiikin soimaan. Hän oli ottanut mukaansa valokuvakansiot hänen ja Vesan yhteisten vuosien varrelta ja katseli niitä. Hän ei varsinaisesti kokenut mitään suurta surua, mutta osa valokuvien muistoista oli todella kauniita.

Verna havahtui ovikellon soittoon ja laski viinilasinsa pöydälle. Hän mietti hetken avaisiko ovea, mutta kai Lauri oli sen verran tutuilleen puhunut, että seurusteli Vernan kanssa. Verna nousi ylös ja avasi oven. Ovella seisoi nainen henki höyryten pakkasen vuoksi ja tuijotti Vernaa tuimasti.

"Meidän pitää jutella," nainen sanoi ja tuli sisälle väkisin.

"Siis tunnetaanko me jostain," Verna kysyi hämillään ja sulki oven. Hän ei saanut mieleensä kuka nainen voisi olla.

"Ei tunneta, eikä ole kyllä ilo tunteekaan," nainen sanoi ja laittoi takkinsa naulaan.

"Siis anteeksi kuinka," Verna kysyi suu auki, "sä voisit varmaan poistua täältä."

"Tämä talo on vielä puoliksi mun, joten en tasan tarkkaan poistu mihinkään," nainen tokaisi ja käveli olohuoneeseen, "Lauri onkin varmaan puhunut että sillä on vielä vaimo."

"On se erosta jotain puhunut," Verna käveli huokaisten olohuoneeseen, eikä olisi ollut halukas käymään tätä keskustelua naisen kanssa."

"Ei me olla vielä virallisesti erottu Laurin kanssa," nainen sanoi ja istuutui nojatuoliin ollen kuin kotonaan, "olen siis Anne, Laurin vaimo."

"Ja mitenkähän tämä sun vierailusi nyt oikein liittyy muhun," Verna kysyi ärtyneenä, "hoitakaa keskenänne eroasianne."

"Tämä liittyy ihan kaikessa suhun kun luulet, että saat leikkiä jotain vitun äitipuolta mun pojalle," Anne sanoi todella tylysti.

"En mä leiki mitään äitipuolta," Verna tiuskaisi takaisin.

"Et leiki, etkä tule leikkimään. Jos Lauri ei heitä sua ulos täältä, niin se ei tule enää näkemään kumpaakaan sen lapsista," Anne sanoi ja nousi ylös, "sä häivyt täältä, tai teen sun ja Laurin elämästä ihan helvettiä."

"Ensinnäkin miten niin molempia lapsia ja mitä vittua sä tulet tänne huutamaan mulle," Verna suuttui toden teolla.

"Lauri on varmaan unohtanut kertoo sulle, että olen raskaana sille," Anne sanoi huutaen takaisin, "sun takia me ei Eliaksen kanssa nyt muutettu tänne ja mun lapset ei saaneet ehjää perhettä, kuten lasten kuuluu saada!"

Verna ei saanut sanoja suustaan ulos, mutta kysymyksiä olisi ollut paljon. Verna istuutui sohvalle ja alkoi puhua rauhallisesti, "voitko nyt rauhoittua ja kertoo mulle tuosta teidän tilanteesta?"

Anne istuutui ja hengitti hetken syvään, "olen aika alussa tämän raskauden kanssa, mutta kun Lauri kuuli, niin se meinasi, että mun ja Eliaksen pitäisi muuttaa takaisin kotiin."

"Mä en ole tiennyt tällaisesta," Verna huokaisi järkyttyneenä, "en mä halua olla mikään perheenrikkoja."

"Mä olin tehnyt plussatestin kaksi viikkoa ennen kun sä tulit kuvioihin ja luulin, että meillä oli Laurin kanssa kaikki hyvin, mutta ilmeisesti ei sitten ollutkaan," Anne purskahti itkuun, "se sanoi että oli taas rakastunut muhun ja yhtäkkiä siitä ei enää kuulunut mitään ja lopulta Elias kertoi, että täällä majailee uusi nainen."

"Okei, yritä nyt rauhoittua," Verna sanoi nousten ylös hakemaan palan talouspaperia Annelle, joka tuntui olevan todella hysteerinen. Verna yritti sulatella äskeistä tietoa hetken aikaa Annen niiskuttaessa nojatuolissa.

"Anteeksi, eihän tämä sun syy ole, mutta mun tarvitsi vaan saada huutaa jollekin," Anne totesi ja Verna istuutui taas alas purren kynttänsä.

"Mä oikeastaan olen täällä vain sen vuoksi, että mä itse olen just eronnut ja tarvitsin paikan majailla jossakin," Verna sanoi ja hänestä tuntui, kuin se olisi ollut oikea totuus – olihan Laurikin ilmaissut asian niin Eliaksellekin.

"Tekö ette sitten ole yhdessä vai," Anne kysyi toiveikkaana.

Verna puri huultaan. Niin, mikä sitten oli asian oikea laita?

Verna oli juuri saanut kuulla, että Lauri saisi toisen lapsen, kun Vernalla oli yhdessäkin sulattelemista ja oli kova kolaus saada tietää, että Lauri oli ollut palaamassa vaimonsa kanssa yhteen.

"Ei. Ei me olla yhdessä," Verna sanoi ja tunsi ahdistavan tunteen rinnassaan. Hän halusi karata jonnekin kauas pois kaiken keskeltä. Tällainen mieskö Lauri sitten oli, että kävi hoitelemassa vaimoansa ja samalla Vernaa puhuen tälle kaikkea ihan muuta kuin mikä totuus oli.

"Mutta kun Lauri ei ole ollut enää yhtään kiinnostunut musta," Anne vaikeroi edelleen.

"No mä en ole se kuka teidän väliin tulee," Verna sanoi tarkoittaen sitä ja pala nousi hänellekin kurkkuun, "olisiko parempi jos nyt menisit kotiin rauhoittumaan, ettet saa järkytyksen takia keskenmenoa tai jotain ja juttelet sitten Laurin kanssa huomenna?"

Anne nyökkäsi ja poistui paikalta pyytäen anteeksi käytöstään. Verna jäi eteiseen seisomaan ja tippui polvilleen antaen itkun tulla ulos. Miten kaikki olikin näin sotkussa? Hän ei oikeasti tiennyt mitään Laurista ja nyt tämä lyhyt tummatukkainen, vähän pyöreä nainen Laurin elämästä oli tullut käymään tuoden uutisia vauvasta ja avioliitostaan

Laurin kanssa. Vernan teki mieli rikkoa jotakin, mutta hän tyytyi hetken niiskutuksen jälkeen puhaltamaan kynttilät sammuksiin ja pakkasi osan tavaroistaan lähtien pois Laurin talosta, jossa hän ei juuri nyt halunnut olla. Hän käveli Ilonan luokse, jossa Ilona otti hänet avosylin vastaan ja kuunteli Vernan avautumista Laurista ja Vesasta. Ilona otti viiniä Vernan seurana ja aamuyöllä he sammuivat molemmat Ilonan olohuoneeseen.

"Hyi helvetti mikä vanhan viinan käry täällä on!"

Verna ja Ilona nostivat päänsä ylös. Verna tunsi jyskyttävän kivun päässään ja yritti saada katseensa selkenemään nähdäkseen kuka tulija oli.

"Moi Joona," Ilona sanoi vaisusti siristellen myös silmiään, "keitätkö kahvia."

Tulija oli siis Ilonan pikkuveli. Verna nousi istumaan ja olo oli kuvottava, juuri se mitä seurasi paljosta juomisesta.

"Te olette ihan hirveän näköisiä," Joona naurahti, "taisi mennä eilen enemmän kuin yksi viinipullo?"

"Keitä nyt vaan sitä kahvia," Ilona ärähti ja nousi myös istumaan, "toi tuli tapetoimaan Akun huoneen uudestaan, että saadaan tämä asunto myyntiin."

"Ai sä meinaat myydä tämän," Verna kysyi hämmentyneenä, mutta painoi päänsä takaisin sohvan käsinojalle tuntiessaan kivistyksen ohimoillaan.

"Joo en viitsinyt eilen sulle sanoa, että muutan Akun kanssa Jannen luokse," Ilona sanoi ja nousi seisomaan, "tarvitsee kunnostaa tätä kämppää että saan myytyä."

"Älä kunnosta," Verna sanoi silmät kiinni, "mä ostan tämän kun tämä on niin hyvällä paikalla."

"Mitä sä kolmiolla tekisit," Ilona kysyi ja venytteli.

"Teen yhdestä huoneesta jumppasalin itselleni," Verna totesi, "sit makuuhuone ja olohuone. Tämä on just hyvän kokoinen ja vielä ihan keskustassakin."

"Onko sulla varaa tähän," Ilona kysyi kiinnostuneena.

"On mulla," Verna huokaisi, "mutta otan tuon Joonan kaupan päällisenä tekemään tähän täysremontin."

"Mä en ole myynnissä," Joona huusi keittiöstä.

"Kyllä sä nyt olet jos Verna sillä ehdolla tämän ostaa," Ilona huusi takaisin ja Joona tuli olohuoneen ovelle seisomaan virnistäen poikamaisesti.

"Kyllä mä maksan sulle, ei ilmaiseksi tarvitse tehdä," Verna sanoi.

Joonasta oli tullut aikuisen näköinen vuosien varrella, sillä Verna oli nähnyt Joonan viimeksi Ilonan ja Heikin häissä, jolloin Joona oli ollut alle viisitoista vuotias. Nyt Joona oli jo kaksikymmentäkolme ja näytti ihan aikuiselta ja oli vielä ihan suloinenkin. Joku tyttö saisi Joonasta vielä komean miehen itsellensä.

"En mä ilmaiseksi tekisikään," Joona totesi, "voin mä tämän rempata, mutta teen sitten sitä iltasin, kun päivät menee omissa töissä rakennuksilla."

"Sopii se," Verna nousi ylös ja yritti hymyillä. Hän oli näemmä juuri sopinut asunnon ostosta, eikä hänellä ollut hajuakaan minkä hintaiseksi asunto tulisi hänelle.

"Sä ilmoittelet sitten kun tarvitset mua," Joona sanoi, "eikö se sun mies sitten osaa tehdä remonttia?"

"Me on erottu just, sen takia mä tarvitsenkin oman asunnon," Verna huokaisi ja raahautui keittiöön Ilonan kanssa. Hän yritti kaataa kahvia kuppiin, mutta hänen kätensä tärisivät liikaa ja Joona auttoi nauraen kahvit naisten kuppeihin. He istuutuivat keittiön pöydän ääreen juomaan kahveja.

"Missä sä Joona nykysin menet, kun siitä on aikaa kun ollaan viimeksi nähty," Verna kysyi ja katseli Joonan poikamaista hymyä ja sinisiä silmiä.

"Tuossa Nekalassa mä asun ja olen siis rakennushommissa," Joona sanoi, "pahoittelut eron johdosta, vai onko ne nyt onnittelut?"

"Molempia kai," Verna hymähti, "ja pahoittelut että sun piti tulla tänään tänne turhaan."

"Ei se mitään, sainpahan aamukahvia, kun kotona oli loppu," Joona naurahti.

Verna jäi Ilonan luokse toipumaan krapulastaan päivän ajaksi. Lauri yritti soittaa päivällä muutaman kerran kun oli herännyt, mutta Verna ei jaksanut vastata puhelimeensa. Hän oli totaalisen kyllästynyt puimaan eroasioita ja hän ei halunnut kuulla Laurin selityksiä avioliittonsa tilasta. Eilisen olisi voinut laittaa vielä jotenkin mustasukkaisen ex-vaimon piikkiin, mutta tuleva lapsi muutti tilannetta sen verran, ettei Verna tiennyt pystyisikö jatkamaan Laurin kanssa. Kaiken lisäksi Verna ei halunnut törmätä entisiin tai nykyisiin vaimoihin yhtään enempää.

Lopulta Verna taipui laittamaan viestin Laurille, että tulisi illalla hakemaan tavaransa pois ja että Lauri voisi jutella vaimonsa kanssa tilanteensa selväksi ensin ja sitten vasta Verna suostuisi puhumaan Laurin kanssa asiat kuntoon.

Verna hyppäsi illalla linja-autoon ja meni Laurin talon luo. Hän oli jostain syystä niin vihainen Laurille, ettei oikeastaan tuntenut yhtään mitään astellessaan Laurin talon rappusia ulko-ovelle. Hän soitti ovikelloa ja Lauri tuli avaamaan oven.

"Tulin hakemaan mun vaatteet pois," Verna käveli sisälle Laurin väistäessä samalla.

"Jäisit nyt juttelemaan mun kanssa asiat selviksi," Lauri sanoi ja seurasi Vernaa sisälle.

"Sä sanoit että olet eronnut ja seuraavaksi sun raskaana oleva vaimosi rynnii tänne pitämään mulle palopuhetta perheen rikkomisesta," Verna kivahti ja sulloi vaatteitaan muovipussiin, "ja mä en ole mikään perkeleen perheenrikkoja!"

"Kuka sua on tässä perheenrikkojaksi haukkunut," Lauri ärähti ja tarttui Vernaa kädestä kiinni, "istu nyt helvetti alas. Mä en päästä sua pois ennen kuin olet kuunnellut mua."

Verna huokaisi ja meni Laurin perässä olohuoneeseen ja istuutui huokaisten alas, "no annan tulla sitten."

"Kyllä me ollaan ihan oikeasti eroamassa, kun meillä on eropaperitkin jo käräjäoikeudessa, eli harkinta-aika käynnissä," Lauri sanoi ja istuutui Vernan viereen sohvalle.

"On joo mielenkiintoinen harkinta-aika, kun pitää sitten kuitenkin käydä antamassa toivoo exälle yhteen paluusta," Verna kivahti.

"Olisin mä varmaan palannutkin sen kanssa yhteen, mutta sitten se vittu ilmoittaa, että on paksuna ja että ne aikoo muuttaa tänne," Lauri sanoi ärhäkästi, "ja mä en kyllä halua enempää lapsia, kun Elkussakin on jo tekemistä ihan riittävästi."

"No lapsi sulle on nyt kuitenkin tulossa ja mä en ole mikään äitityyppi, koska mulle oli yhdessäkin jo sulattelemista. Nyt mun sitten vielä pitäisi alkaa leikkiä äitipuolta lapselle, joka on siitetty alulle ehkä viikko tai kaks ennen kun me on sun kanssa alettu panemaan," Verna huokaisi ja nousi ylös, "mun pää ei nyt vaan kestä tämmöistä ja en halua kyllä enää törmätä sun vaimoosi toista kertaa."

"Anne nyt on ihan sekasin, kun ei se vaan tajua, ettei me olla palaamassa yhteen," Lauri nousi ylös ja tarrautui halaamaan Vernaan takaapäin, "ja sitten kun tapasin sut, niin mä tajusin lopullisesti mitä menetän, jos palaan sen kanssa yksiin."

Verna ei sanonut mitään, sillä hän ei edelleenkään ollut varma oliko valmis kestämään tämän kaiken, mutta tarrautui Laurin käsiin kiinni.

"Älä nyt mene, kun olet oikeasti parasta mitä mulle on sattunut vuosiin," Lauri sanoi ja käänsi Vernan itseensä päin, "anna mulle nyt vähän armoa, ettei mun tarvitse enempää katua virheitä joita olen tehnyt."

"Mun pitää vähän miettiä ja mulla on ihan tolkuton krapula muutenkin, en saa ajatuksia nyt kasaan," Verna huokaisi ja käänsi päätään sivulta toiselle venyttäen niskaansa samalla. "Menet nyt tohon istumaan ja hieron sun hartioita hetken aikaa. Sitten mennään saunaan ja sitten tulet mun viereen nukkumaan. Kyllä tämä tästä selviää vielä," Lauri sanoi ja hieroi Vernan hartioita, eikä Verna halunnut juosta karkuun sillä hetkellä, kun vaihtoehtona oli hartiahieronta, sauna ja seksiä – täydellinen krapulalääkitys.

Verna nyökkäsi ja istuutui lattialle Laurin käsien alle ottaen vastaan huomisen vailla tietoa, mitä tästä kaikesta mahtaisi seurata ja tietämättä mitä oikeastaan elämältään edes halusi.

Verna majaili Laurin luona muutaman päivän ja kun Elias oli roikkunut Laurin luona, oli Verna saanut mietittyä miten asioiden piti edetä. Elias oli saatu nukkumaan ja Verna rasvasi itseään vuoteella. Lauri selasi tabletilta uutisia.

"Mä olen nyt miettinyt paljon tätä meidän tilannetta," Verna sanoi saaden Laurin nostamaan katseensa ylös uutisista.

"No, mikä on lopputulos," Lauri kysyi.

"Mä aion ostaa Illun asunnon, kun se myy sen," Verna sanoi, "se on tosi kiva kolmio ihan Tampereen keskustassa."

"Okei," Lauri totesi hiljaa, "ja mitä se nyt sitten meinaa?"

"Sitä että ainakin aluksi mä olen siellä kaikki viikot kun Elias on täällä," Verna sanoi, "älä siis käsitä väärin, kun Elkku on kiva poika, mutta tämä kaikki on tapahtunut liian nopeasti."

Lauri nyökkäsi tuijottaen tyhjää.

"Jos vaan edetään ihan hiljalleen. Kun mä en vaan pysty elämään sen ajatuksen kanssa, että mun pitäisi alkaa leikkiä äitiä sille sun tulevalle vauvalle, kun en vauvoista edes tykkää. Elias menee kun se on niin iso," Verna sanoi ja lähentyi Lauria, "ehkä mä totun ajatukseen siitä vauvasta, mutta jos en totukaan, niin sitten me ei varmaan olla kovin hyvä pariskunta."

"Sä et sitten usko kuinka mua oikeasti kaduttaa, että menin panemaan Annea eropäätöksen jälkeen ja sitten vielä saan päin naamaa tämänkin paskan," Lauri sanoi äreästi.

"En mä halua tehdä sulle paskaa oloa, mutta mä en nyt vaan pysty tähän," Verna sanoi ja siveli Laurin kättä, "tykkään

73

susta ihan hitosti, mutta kun sun täytyy pitää huoli sun lapsistakin ja mä en ole kovin hyvä apulainen siinä."

"Mä voin sanoa Annelle, etten halua olla tekemisissä sen vauvan kanssa. Pitäköön se sen, kun ei kertonut mulle ettei käytä enää e-pillereitä," Lauri ehdotti Vernalle.

"Et sä sellaista pysty tekemään kun katsoo sua Eliaksenkin kanssa. Sä olet ihan liian hyvä isä tekemään mitään tommoista ja tiedän, että sä katuisit sitä, ettet olisi mukana vauvan elämässä," Verna huokaisi, "mutta enhän mä nyt mihinkään ole katoamassa, kun olen sun joka toinen viikko ja saan itsekin sitten selviteltyä eroasioita rauhassa."

"Kai sä olet oikeassa," Lauri huokaisi, "onhan tämä kaikki tapahtunut tosi äkkiä ja mullakin on vielä sulattelua vauvauutisissa."

"Mä saan rauhassa lepytellä mun porukat ja Vesan äidin erouutisien keskellä ja toisaalta saan keskittyä töihin paremmin," Verna nosti kätensä Laurin rintakehälle, "ja jos tämä tuntuu sitten siltä että voidaan sun kanssa yksiin muuttaa kuitenkin, niin laitan sitten sen mun asunnon vuokralle."

Lauri nyökkäsi tarrautuen Vernan käteen kiinni ja tuijotti Vernaa suoraan silmiin hetken aikaa, "toivon että sä pystyt sietään mun lisänä tulevia juttuja tulevaisuudessa."

Verna hymyili ja kurottautui suutelemaan Lauria. Hän ei olisi epäröinyt Laurin kanssa yhteen muuttamista yhtään, jos Laurilla ei olisi lapsia, sillä kyllä hän Laurista piti enemmän kuin edes pystyi ymmärtämään, mutta Verna ei halunnut elää sellaista elämää, jota ei halunnut ja nyt hän oli vauhdilla syöksymässä siihen, ilman että hänen edes tarvitsi miettiä lasten tekemistä.

4. Asuntoremonttia

Kesä teki tuloaan ja viimeinkin Vernan ja Vesan asunto oli saatu myytyä. Verna oli ostanut Ilonan asunnon ja käveli pitkin tyhjiä huoneita, joita piti alkaa remontoimaan Joonan kanssa. Verna oli asunut vanhempiensa luona jokaisen viikon, jolloin Elias oli ollut Laurin luona. Ihmiset olivat ottaneet eron yllättävän hyvin vastaan, eikä Verna ollut joutunut selittelemään mitä oli käynyt. Laurista hän ei juurikaan ollut halunnut puhua vieläkään, sillä hän pelkäsi suhteen loppuvan vauvan syntymään, jota Laurin vaimo odotti.

Lauri ja Anne olivat tehneet päätöksen, ettei lopullista eroa haeta ennen vauvan syntymää, ettei Laurin tarvitse tunnustaa isyyttä erikseen. Anne oli ollut rauhallinen siinä suhteessa, ettei Anne ollut käynyt Vernan kimppuun enää avioliittonsa rikkumisen vuoksi. Lauri oli selvästi jossain määrin innoissaan tulevasta lapsestaan ja osasi Verna siitä olla hyvillä mielin Laurin puolesta.

Verna nautti Laurin kanssa olosta, mutta nautti myös viikoista, jolloin hän oli täysin yksin – tai ainakin nyt olisi kun saisi oman asuntonsa kuntoon. Verna oli saanut olla melko rauhassa vanhempiensa luona, mutta kyllä oma koti oli silti se mitä hän kaipasi.

Verna meni parvekkeelle ja katsoi kaupunkimaisemaa. Ilonan asunnon osto oli kyllä ollut iso lottovoitto. Joona saapuisi pian ja he alkaisivat miettiä miten asunto remontoidaan. Verna tiesi kyllä suunnilleen mitä halusi, mutta sitä hän ei tiennyt kuinka kalliiksi remontti tulisi hänelle, kun Joona ei ollut sanonut mitään hinta-arviota.

Joona saapui lopulta ja he kiersivät katsomassa asunnon läpi ja suunnittelivat miten remontti kannattaisi aloittaa. Verna halusi tapetoida seinät, laittaa keittiön uudelleen, uuden lattian ja remontoida vessan ja kylpyhuoneen.

"Aika pitkä remontti tästä tulee. Veikkaan että voisi olla joskus heinäkuun lopussa valmista jos vaan jaksetaan tehdä töiden jälkeen tätä yhdessä," Joona sanoi ja otti vastaan Vernalta avaimen asuntoon.

"Ei ole kiire ja tietty autan niin paljon kun pystyn töiltäni," Verna sanoi ja nojasi keittiön pöytätasoon, "pitäisikö sitten tehdä toi kylppäri ensimmäisenä, niin saan sitten tuoda tavarani tänne."

"Kyllä sä nyttenkin voit ne tänne kantaa, mutta siirrellään sitten sen mukaan niitä kun tarvitsee," Joona totesi, "ja tuo ensimmäisenä se kahvinkeitin tänne että jaksan tehdä tämän homman."

"Luuletko että mä pystyn elämään ilman kahvia," Verna naurahti, "ja kyllä mä pidän susta huolta että saat ruokaa, joten tulet vaan tänne niin mä huolehdin, että on kaikki mitä tarvitset, kun viitsit tehdä tämän mulle."

"Ei tässä mitään, aina mulle raha kelpaa," Joona naurahti, "eipä mulla muutakaan tekemistä ole."

"Aijaa, eikö kukaan nainen ole pitämässä susta huolta," Verna kysyi leikkisästi ja ihmetteli tilannetta, kun Joona pudisteli päätään. Naiset eivät näemmä aina ymmärtäneet hyvän päälle, mutta ainakin Vernalla oli remonttia tekemässä nyt joku, joka oli tuttu, ettei tarvinnut ventovieraan ihmisen kanssa oleila montaa kuukautta.

"Koska sitten mennään katsomaan niitä tarvikkeita," Joona kysyi, "pitää ottaa porukoilta peräkärry lainaan että saadaan raahattua kaikki tänne."

"Revitäänkö toi kylpyhuone alas ensin ja sitten haetaan ensiviikolla tavarat tänne," Verna kysyi.

"Aloitetaanko huomenna iltapäivästä, niin saadaan homma käyntiin," Joona kysyi ja Verna nyökkäsi.

"No joo, kai mä tästä lähden sitten," Joona totesi, "tarvitseeko sua heittää johonkin, sulla kai on joku mies täällä Tampereella."

"Joo ja ei, se nyt on semmoista säätöä sen kanssa," Verna sanoi huokaisten, "sen takia mä tämän asunnonkin ostin."

"Onhan se omillaan olokin välillä ihan tervettä," Joona totesi ja he kävelivät ovelle päin.

Vernasta tuntui oudolta puhua Joonan kanssa näistä asioista, sillä vaikka Joona olikin jo aikuinen, piti Verna edelleen Joonaa pikkupoikana, joka oli Ilonan ärsyttävä, leikit pilaava pikkuveli.

"Niin mäkin sen ajattelin," Verna hymyili, "jos voit heittää mut porukoille, niin lähden saman tien hakemaan kamoja tänne että pääsen pois niitten jaloista."

Verna pakkasi tavaransa ja toi vanhempiensa kanssa niitä uuteen kotiinsa. Hän oli myynyt autonsa pois, sillä hän ei tarvinnut sitä asuessaan keskustassa. Ensimmäinen yö asunnolla sujui hyvin ja remontin teko Joonan kanssa alkoi luonnistua melko pian. He huomasivat omaavansa melko samanlaisen musiikkimaun, joten illat täyttyivät musiikin kuuntelulla ja huumorintajuisella remontin tekemisellä. Joonalle oli helppo puhua asioista ja Verna ottikin tavakseen kertoilla Joonalle päivien tapahtumista ja usean kuukauden aikana Joonasta oli tullut korvaamaton ystävä, jolle Verna avautui Laurista useamman kerran.

Lopulta Vernan asunto oli saatu valmiiksi ja Joona auttoi viimeistelyssä, ennen Vernan tupaantuliaisia. Verna oli päättänyt pitää nämä tupaantuliaiset vain työkavereilleen ja Joona oli saanut luvan olla paikalla, sillä osa kunniasta kuului tälle ja Verna halusi tarjota koko illan Joonalle. Lauri oli ollut harmissaan Vernan päätöksestä, mutta Verna oli tavallaan helpottunut, ettei Lauri tullut paikalle.

Verna kaatoi viiniä kahteen lasiin ja ojensi toisen lasin Joonalle, "tästä tuli kyllä tosi upea."

"Sulla on hyvä maku ja mulla taitavat kädet," Joona nosti lasin ilmaan.

"Yhteistyölle," Verna hymyili ja nosti myös lasinsa ilmaan.

"Mitähän mä nyt teen iltasin, kun olen roikkunut täällä monta kuukautta," Joona huokaisi, "tästä tuli jo melkein toinen koti."

"No kyllä sä niin monta yötä nukuit mun sohvalla, että jää siihen sulle paikka vapaaksi jos tarvitsee tulla keskustaan nukkumaan," Verna hymyili.

"Täytyy pitää mielessä," Joona sanoi, "kyllä se aina mun oman sängyn voittaa."

Verna nauroi Joonalle ja otti tulitikut kaapista alkaen sytyttämään kynttilöitä palamaan asunnossaan, jotta tupaantuliaisten tunnelma olisi lämmin.

"Tuon taulun voisi laittaa tuonne sohvan päälle," Joona sanoi osoittaen Vernan lattialla lojuvaa ankka-taulua.

Verna tuumaili asiaa hetken aikaa ja nyökkäsi sitten, "olet oikeassa, se sopisi sinne hyvin."

Joona haki keittiöstä vasaran ja he alkoivat asetella taululle naulan paikkaa. Joona naputti naulan seinään ja he nostivat taulun yhdessä seinälle, siirtyen katsomaan sitä kauempaa.

"Se on tosi hieno," Verna sanoi hymyillen ja kaappasi Joonan kainaloonsa vaistomaisesti, "sulla on hyvä silmä tommoisten hienosäätöjuttujen kanssa."

"Tietäisit vaan," Joona sanoi ja nosti kätensä Vernan selkää vasten, "laitan sutkin koristeeksi seinälle tähän asuntoon."

Joona kuljetti kätensä Vernan kainaloon ja kutitti tätä saaden Vernan nauramaan ja huutamaan armoa, että Joona lopettaisi kutittamisen. Joona kutitti niin paljon, että Verna yritti nauraen kieriä matolla Joonaa karkuun. Verna pääsi itse lopulta tilanteen herraksi istumalla Joonan päällä ja pitämällä tämän käsistä kiinni. Verna vakavoitui ja katsoi Joonan ystävällisiä kasvoja. Miten niin ärsyttävästä pojasta oli voinut kasvaa näin suloinen ja hyväsydäminen ihminen,

81

johon Vernalla oli ollut mahdollisuus tutustua? Joona nousi istumaan Verna sylissään.

"Pitäisikö meidän ottaa lisää viiniä," Verna henkäisi ja hänen teki mieli suudella Joonaa.

"Ehkä," Joona kuiskasi ja lähentyi Vernaa varovaisesti.

"Mitä sä teet," Verna kysyi kuiskaten Joonalta, vaikka tiesi mitä seuraavaksi tapahtuisi.

"Mä en tiedä," Joona kuiskasi ja samalla hetkellä tarrautui Vernaan suudellen tätä varmoin huulin, eikä Verna vastustellut.

Vasta ovikellon soitto sai Vernan hätkähtämään ja nousemaan Joonan sylistä. Mitä hän oli mennyt tekemään, eihän hän voinut näin käyttäytyä!

"Mä menen nyt avaamaan oven," Verna sanoi hämmentyneenä, "eikä äskeistä tapahtumaa sitten tapahtunut."

Joona nousi lattialta ylös siistien vaatteitaan ja nyökkäsi.

Verna tunsi valon silmissään ja tiesi, että oli aamu, mutta hän pystynyt avaamaan silmiään. Tupaantuliaiset olivat ilmeisesti venähtäneet pitkäksi. Verna yritti avata silmänsä, mutta viiltävä kipu silmissä sai sulkemaan ne voihkaisten.

"Voi vittu," Verna totesi itsekseen ja pakotti itsensä nousemaan ylös. Hän oli selvästi vuoteessaan, mutta hän ei äkkiseltään muistanut miten oli sinne päätynyt, tai missä vaiheessa. Booli oli vissiin tehnyt tehtävänsä ja saanut hänen muistinsa menemään. Ainoa asia jonka hän muisti, oli se, että hän oli suudellut Joonan kanssa jossain tilapäisessä mielenhäiriössään. Sen asian hän voisi unohtaa, mutta se hämmensi häntä edelleen.

Verna tunsi pahan olon aallon lävistävän vatsansa ja juoksi vessaan oksentamaan. Tästä päivästä tulisi kamala, sillä tällaisella olotilalla ei oksentaminen ollut ihan heti loppumassa. Verna raahautui ämpärin kanssa olohuoneeseen ja meni sohvalle makaamaan tarttuen puhelimeensa ja soitti Ilonalle.

"Moi onko krapula," Ilona kysyi iloisesti puhelimessa.

"Joo vuosisadan kamalin," Verna sanoi vaimeasti, "mitä helvettiä eilen oikein tapahtui, kun multa on filmi mennyt ihan poikki?"

"Mä en tiedä, mutta kaikki me oltiin tosi humalassa. Mä lähdin yhden maissa ja sinne jäi ainakin Katri, Anna ja Joona vielä sen jälkeen," Ilona sanoi, "mutta en tiedä koska ne ovat lähteneet kotiin."

"Olen mä ainakin päässyt sänkyyn asti ja saanut yöpuvun päälleni, joten en mä varmaan ole ihan täysin seinillä kävellyt," Verna naurahti ja tunsi taas kuinka vatsa alkoi kääntyä ylösalaisin, "pakko lopettaa etten oksenna sun korvaasi."

Vernalla meni koko päivä sohvalla maatessa ja televisiota katsoessa. Illalla hänellä alkoi olla jo parempi olo ja nälkäkin vaivasi, joten hän päätti pyytää Laurin pizzerian kautta antamaan krapulaseksiä itsellensä, vaikka oli vannonut ettei soittaisi Laurille – nyt oli kuitenkin selvä hätätapaus. Hän voisi sitten tämän kerran jälkeen sanoa Laurille, ettei halunnut alkaa leikkimään äitipuolta, vaikka Lauri olikin ihana mies, tai sitten hän voisi olla pelkässä seksisuhteessa Laurin kanssa vauvan syntymään saakka.

Laurilla ei kauaa mennyt, kun hän saapui ruoan kanssa Vernan luokse asettuen sohvalle muutama vuokraelokuva mukanaan. Verna avasi pizzarasian ja limsapullon innoissaan ja alkoi syödä samalla kun Lauri laittoi elokuvan pyörimään. Tällaisina hetkinä Verna olisi halunnut pitää Laurin, mutta aina ajatus Laurin lapsista pilasi tunteen. Verna tuskin ikinä löytäisi Laurin kaltaista miestä vierelleen.

Verna laski pizzansa alas kun hänen puhelimensa alkoi soida. Soittaja oli Joona ja Verna vastasi iloisesti Joonalle.

"Onko ollut krapula," Joona naurahti puhelimeen.

"Ihan hirveä. Lopetin joskus kaksi tuntia sitten vasta oksentamisen," Verna sanoi ja sai Laurilta leikkimielisen irvistyksen, "en juo varmaan enää ikinä."

"Olen kuullut tuon lauseen aiemminkin," Joona naurahti, "katsotaanko me joku elokuva tänään kuten oli puhetta?"

"Ai koska oli puhetta sellaisesta," Verna kysyi ihmeissään.

"Eilen sun luona ennen kuin lähdin," Joona totesi, "voisin hakee tuosta vuokraamosta jonkun hyvän elokuvan ja tuoda karkkia."

"Lauri on täällä," Verna sanoi, "se toi jo pizzaa ja limsaa."

"Ai," Joona hiljentyi ja kysyi sitten matalalla äänellä, "eikö sen pitänyt olla historiaa, ainakin eilen sanoit niin?"

"Kerron sitten kun nähdään siitä paremmin," Verna sanoi purren huultaan, "nähdään vaikka sitten kun olen kotiutunut sieltä festareilta?"

"Katsotaan sitä sitten," Joona sanoi ja sulki puhelimen hyvästelemättä Vernaa sen enempää.

Verna tuijotti hetken puhelintaan hölmistyneenä. Joonalla oli tainnut olla töissä huono päivä krapuloissaan ja hän purki sitä nyt Vernaan.

"Oliko se Joona," Lauri kysyi.

"Joo, olin kuulemma eilen luvannut katsoa sen kanssa elokuvaa tänään," Verna sanoi mietteliäänä ja häntä harmitti, ettei muistanut mitä yöllä oli tapahtunut.

"En mä erityisesti pidä siitä, jos se alkaa vielä asua täällä sun nurkissa remontin jälkeen," Lauri sanoi tuimasti.

"Hei et kai sä ole mustasukkainen," Verna kysyi leikillään ja nousi Laurin syliin istumaan tuijottaen miehen silmiä, "siis oletko sä Joonasta mustasukkainen?"

"No onhan se paljon roikkunut täällä sun kämpillä ja olet ollut sen seurassa koko ajan, kun et ole ollut mun kanssa," Lauri sanoi vaisusti.

"Joona on kiva poika, mutta ihan viimeinen kenestä sun pitää olla mustasukkainen," Vernaa nauratti Laurin reaktio, vaikka tunsikin pienen piston sydämessään hänen ja Joonan suudelman vuoksi "mutta toi on tosi seksikästä, kun olet musta mustasukkainen.

"Onhan tämä naurettavaa, mutta en mä voi sille mitään," Lauri sanoi tarrautuen Vernan lanteisiin kiinni, "mutta sun pitää saada mut unohtamaan nyt vaara siitä, että menettäisin sut."

Verna yskäisi, sillä nyt olisi ollut hyvä hetki sanoa Laurille, että juuri niin oli tapahtumassa, mutta ei hän halunnut. Lauri tuntui niin hyvältä hänen vartaloaan vasten, sekä tutulta ja turvalliselta. Miksei Verna vaan pitäisi Lauria ja jatkaisi ikuisuuksiin tällaista suhdetta? Verna läheni suutelemaan Lauria, olihan se Laurillekin reilumpaa, jos tällä olisi mahdollisuus etsiä itsellensä puoliso, joka pystyi hyväksymään Laurin lapset ja entisen elämän. Lauri vastasi suudelmaan ja he rakastelivat jättäen murheet hetkeksi pois mielestään.

5. Pala menneisyyttä

"Olet sitten kiltisti siellä festareilla," Lauri sanoi katsoen kuinka Verna pakkasi laukkuaan.

"Joo ei pelkoa että ottaisin siellä paljoa, kun on jotenkin ällöttävä olo vieläkin eilisestä," Verna naurahti, "en muista että mulla olisi vuosiin ollut sellaista krapulaa kuin eilen oli!"

Lauri alkoi pukeutua ja meni ottamaan kahvia keittiöstä, "kestääkö ne festarit nyt sen kaksi päivää?"

"Joo tulen takaisin vasta sunnuntaina ja sulla onkin sitten jo Elias," Verna sanoi salaa tyytyväisenä siitä, ettei hänen tarvinnut murehtia taas hetkeen miten hoitaisi asian Laurin kanssa.

"Mennäänkö treenaamaan salille sitten ensiviikolla joku aamupäivä," Lauri kysyi.

"Mennään vaan," Verna sanoi, eikä ajatus siitä ollut vastenmielinen, sillä Laurin kanssa sai treenata tosissaan ja oli itsellekin mukavampaa kun oli joku komentamassa tekemään lujempaa. Mutta nyt Verna ei halunnut ajatella salille menoa, kun oli kesälomakin ja tänään hän menisi festareille ja pitäisi pari päivää hauskaa työkavereidensa kanssa.

Festareilla oli villi meno ja reissu työporukalla teki pitkästä aikaa hyvää. Verna odotteli heidän mökkinsä edessä työkavereitaan illan ensimmäiselle keikalle.

"Moi Verna," Verna kuuli tutun miesäänen sanovan ja kääntyi katsomaan miehen suuntaan.

Atte. Verna vannoi, että hänen sydämensä jätti vähintään kaksi lyöntiä välistä. Hän ei ollut nähnyt Attea kunnolla vuosiin, sillä vaikka Vesa oli Aten kaksoisveli, oli veljesten välit olleet kylmät aina.

"Ai säkin olet täällä," Verna totesi, eikä oikein osannut sanoa muuta, mutta halasi Attea.

"Joo, piti tulla kun kaverit pyysi," Atte sanoi hymyillen.

Verna suli Aten hymyn vuoksi, aivan kuten neljätoista vuotta sitten oli tapahtunut ja Verna muisti miksi oli päätynyt Aten vuoteeseen, sillä Aten ruskeat koiranpentusilmät saivat edelleen lämpimän kouraisun aikaan Vernan vatsanpohjassa. Vesalla oli aina ollut paljon kovempi katse ruskeissa silmissään, eikä Vesan silmät vieneet koskaan Vernalta jalkoja alta, kuten Aten silmät tekivät.

"Te sitten erositte Vesan kanssa," Atte totesi, "mitä teille tapahtui?"

"En mä sitten vaan enää halunnut olla sen kanssa, kun sille tuli perheen perustamisesta pakkomielle," Verna sanoi ja sana perhe keskustelussa Aten kanssa oli jotain mitä Verna ei halunnut mainita, sillä tuntui vieläkin liian tuskaiselta kerrata menneisyyden tapahtumia, jotka hän oli vain halunnut unohtaa kokonaan.

"Tule nyt Verna, se keikka alkaa kohta," Annukka sanoi ja alkoi kiskoa Vernaa kädestä mukaansa.

"Saanko tulla illalla moikkaan sua vielä," Atte kysyi, eikä Verna voinut kuin nyökyttää päätään Aten katsoessa silmillään Vernaa, "tulen tähän teidän mökille illalla!"

Verna nautti päivästä ja musiikista, mutta oli yllättynyt, että Atte oli tuntenut hänet ja tullut juttelemaan. Vesa ja Atte eivät tulleet toimeen keskenään ja tuskin olisivat tulleet senkään vertaa kuin nyt, jos Vesa olisi tiennyt, että Atte oli ollut se kenen kanssa Verna oli Vesaa pettänyt ja tullut raskaaksi tälle.

Verna ei ollut vieläkään antanut Atelle anteeksi sitä, että tämä oli ollut välinpitämätön Vernaa kohtaan, kun tämä oli tullut raskaaksi, eikä ollut suostunut puhumaankaan lapsen pitämisestä. Verna oli mennyt tekemään abortin ja ainoa kuka oli suostunut tulemaan mukaan, oli Vesa, siltikin vaikka Verna oli tätä pettänyt ja tullut toiselle raskaaksi. Verna päätti kohdata Aten viimeinkin ja puhua asiat selviksi tämän kanssa, sillä ehkä hänen piti saada sanoa Atelle miten vihainen ja pettynyt hän oli Atelle kaikesta – vieläkin kaikkien vuosien jälkeen.

Ilta saapui ja Verna odotteli Attea mökin kuistilla. Kaikki hänen työkaverinsa olivat katsomassa viimeistä soittajaa, mutta Verna ei halunnut mennä, sillä hän ei erityisemmin pitänyt siitä musiikista. Hän mietti tapahtumia vuosien takaa pohtien samalla mitä sanoisi Atelle. Hän oli jo pitkään miettinyt sitä mitä tapahtuisi, jos kohtaisi Aten joskus ja nyt se tilanne oli viimeinkin tullut. Vieläkin kaikki menneisyyden tapahtumat saivat Vernan rintaan ahdistuksen, mutta pakkohan hänen olisi viimeinkin asia käsitellä loppuun?

Verna istui sohvan nurkassa ja mietti uskaltaisiko hän soittaa Vesalle. Vesa oli vihainen syystä, mutta hänellä ei ollut ketään muuta ketä pyytää mukaansa sairaalaan, sillä hän ei halunnut kertoa kenellekään menevänsä tekemään aborttia. Sana abortti sai hänet taas purskahtamaan itkuun. Miten Atte saattoi olla niin julma tämän asian suhteen? Verna oli

pitänyt Attea aivan toisenlaisena ja kun vahinko oli käynyt,
oli Atte heti sanonut, ettei suostu kaksikymmentävuotiaana
vielä isäksi, että lapsesta pitäisi hankkiutua eroon. Verna
puolestaan oli Aten vuoksi eronnut Vesasta ja ei ollut
odottanut asioiden menevän näin.

Verna oli seurustellut Vesan kanssa viisitoistavuotiaasta
asti ja vaikka suhde oli ollut turvallinen, oli Vesan määräävä
asenne saanut Vernan ihastumaan huolettomaan ja täysin
erilaiseen Atteen, joka sattui olemaan Vesan kaksoisveli.

Jokin oli vetänyt Attea ja Vernaa puoleensa kuin magneetti
ja Verna ei itsekään muistanut miten he olivat lopulta
päätyneet sänkyyn keskenään. Pelkkä Aten ajattelu sai
Vernan vatsanpohjassa perhoset lentelemään, mutta pian se
muuttui taas katkeruuden tunteeksi, siitä miten Atte oli
käyttäytynyt häntä kohtaan. Ei Verna itsekään halunnut olla
kahdeksantoistavuotias ja raskaana entisen poikaystävänsä
veljelle ja niin yksin asian kanssa. Atte oli oikeassa siitä, ettei
Vesalle voisi mitenkään päin kertoa heidän suhteestaan, sillä
Vesa oli ollut niin pahana Vernan kertoessa lähtevänsä toisen
miehen matkaan.

Verna huokaisi painellen Vesan numeron puhelimeensa ja
puhelin alkoi hälyttää. Puhelimen soitto tuntui pitkältä ajalta
ja lopulta Vesa vastasi, "Mitä asiaa?"

"Voisitko nähdä mut," Verna kysyi yrittäen pitää äänensä kasassa, "mä tarvitsen sun apua."

"Kuule pyydä sen uuden miehesi apua. Helvettiäkö sä mulle soittelet," Vesa tiuskaisi puhelimeen.

"Anna anteeksi mulle Vesa," Verna purskahti itkuun puhelimessa, "mä olen niin pahoillani siitä mitä tein sulle."

Hetki hiljaisuutta.

"Rauhoitu nyt. Missä sä olet," Vesa kysyi lopulta.

"Porukoilla," Verna sanoi yrittäen taas saada itsensä rauhoittumaan, "voitko tulla tänne?"

Vesa huokaisi syvään "joo kai mä sitten tulen, vaikka en ymmärrä itsekään miksi."

Verna sulki puhelimensa ja hautasi päänsä käsiin, hän oli ollut niin rakastunut Atteen, ettei Vesa ollut tuntunut enää miltään, mutta nyt kaiken tämän keskellä Vesan turvallinen olkapää tuntui kuitenkin parhaimmalta ratkaisulta. Hän oli miettinyt Vesalle soittamista pitkään ja tiesi, että jos hän nyt puhuisi itsensä Vesan elämään takaisin, niin hänen täytyisi unohtaa Atte kokonaan – toisaalta miksi hänen oli pitänyt rakastua Atteen niin kovasti, kun mies lähti heti ensimmäisen kriisin tullessa menemään? Atte oli tiennyt aborttiin menosta jo kaksi viikkoa, mutta ei ollut tehnyt mitään asian eteen estääkseen Vernaa menemästä sinne, eikä ollut edes *halunnut nähdä Vernaa. Tilanne oli siinä mielessä vaikea, että Atte oli sanonut ettei halua olla Vernan kanssa jos Verna ei tekisi aborttia ja Verna puolestaan oli sanonut, ettei halua olla Aten kanssa tekemisissä, jos taas puolestaan tekisi abortin. Ei Vernakaan lasta olisi voinut pitää, sillä elämä olisi mennyt liian vaikeaksi. Vernan vanhemmat eivät olisi ikinä hyväksyneet mitään äpärää perheeseensä ja opiskelutkin olisivat jääneet kesken. Jos hän olisi pitänyt lapsen, niin hän olisi jäänyt täysin yksin sen kanssa, sillä tuskin Vesan ja Aten äitikään olisi riemuinnut veljen vaihdosta ja tulevasta lapsenlapsestaan myöskään.*

Verna raahautui vessaan ja yritti siistiä kasvojansa ja harjasi hiuksensa, jotta näyttäisi edes vähän sievältä Vesan silmissä. Hän toivoi, että Vesa pystyisi antamaan anteeksi edes sen verran, että tulisi mukaan sairaalaan huomenna hänen kanssaan. Vesa oli ainut mitä hänellä oli jäljellä ystävyyssuhteistaan, mikäli Vesa vaan pystyisi antamaan anteeksi. Verna oli Vesan kanssa seurustellessaan unohtanut lähes kaikki ystävänsä, olihan se vähän hullua haluta palata takaisin sellaiseen, mutta kun hän oli kolme vuotta elänyt siten, niin kaikki sen ulkopuolinen tuntui kovin vaikealta yrittää koota uudelleen. Aten kanssa hän oli tuntenut itsensä vapaaksi ja onnelliseksi – toisaalta oli hän tuntenut itsensä

94

onnelliseksi ennen kuin oli mennyt Atteen rakastumaan Vesankin kanssa, kun ei ollut tiennyt paremmasta. Verna ei ollut uskaltanut kertoa vanhemmillensakaan vielä erosta Vesan kanssa, sillä hänen vanhempansa pitivät Vesasta ja tulivat hyvin toimeen kunnollisen miehen kanssa, joka aikoi opiskella itsensä korkealle ja jonka kanssa Vernalla olisi hyvä tulevaisuus.

Vesa oli tarkka ehkäisyasioista ja huolehtinut aina kondomin käytöstä, kun Atte taas oli kännipäissään mennyt heti repimään kondomin pois ja kuukauden huuman jälkeen oltiinkin jo sitten tässä tilanteessa. Tällainen tuskin olisi nostanut Aten pisteitä Vernan vanhempien silmissä, eikä Atte varmaan olisi ikinä sopinut muottiin, jota he odottivat Vernan tulevalta mieheltä.

Verna käveli takaisin olohuoneen sohvalle ja oli kiitollinen siitä, että hänen vanhempansa olivat taas molemmat iltavuorossa, niin hän sai rauhassa murehtia asioitaan, eikä tarvinnut esittää pirteää ja iloista kaiken keskellä.

Verna kuuli kuinka Vesan auto ajoi pihaan ja kuinka askelet tulivat ovelle. Verna käveli ovelle vastaan ja tiesi näyttävänsä hirveältä itkemisen vuoksi, sitten hän avasi oven ja kun hän näki Vesan, niin hänen oli pakko hypätä tämän kaulaan ja halata tätä. Vesa vastasi nihkeästi halaukseen ja hetken päästä työnsi Vernan kauemmas.

"Näytät ihan hirveältä, onko se sun hoitosi tehnyt sulle jotain," Vesa kysyi vihaisen kuuloisena.

Verna pudisti päätään ja käveli olohuoneeseen, johon hän parkkeerasi taas sohvalle, Vesa käveli perässä ja istui nojatuoliin tuiman näköisenä.

"No mihin sä nyt tarvitset mua," Vesa kysyi kiukkuisesti tiuskaisten.

"Sun pitää viedä mut sairaalaan huomenna," Verna sanoi ja tuntui pahalta pyytää Vesalta tätä palvelusta, "mun pitää mennä tekemään.."

Verna ei saanut sanaa suustaan, vaan itku tukahdutti kaiken äänen kurkkuun ja hän hengitti muutaman kerran syvään saadakseen äänensä kasaan, "mun pitää mennä tekemään abortti."

Vesa katsoi häntä, eikä sanonut mitään hetkeen aikaan, kunnes sai lopulta suunsa auki, "vittu mikä huora säkin olet. Pyydä se muksun isä mukaan sinne."

"Ei se tule, kun en halua enää nähdä sitä," Verna sanoi ja yritti ottaa vastaan nöyrästi kaiken mitä Vesa tulisi sanomaan, sillä hän oli kai ansainnut sen.

"Miten niin et halua, sähän olit niin rakastunut siihen," Vesa sanoi ja nousi ylös, *"saat kyllä pyytää jotain muuta, mä en tuommoisen ämmän kanssa halua olla tekemisissä."*

"Vesa älä mene, älä jätä mua yksin," Verna nousi ja ryntäsi Vesan luo kietoen kädet tämän ympärille, mutta Vesa työnsi hänet sohvalle lujaa tönäisten.

"Mä saatana sanoin sulle, että sä et todellakaan voisi olla onnellinen kenenkään muun kuin mun kanssa," Vesa huusi suuttuneena, *"ja nyt sä seuraavaksi varmaan rukoilet että rupean kasvattamaan sitä kersaa sun kanssasi."*

"Enkä rukoile, kun haluan että tulet mun kanssa sinne aborttiin ja unohdetaan kaikki mitä tässä välissä on tapahtunut," Verna sai huudettua takaisin, *"en mä halua tätä lasta, eikä tämän lapsen isä halua enää mua, eikä etenkään tätä lasta."*

Vesa istui alas ja tuijotti lattiaa hetken aikaa, *"mä en ala sulle miksikään väliaikaseksi lohduttajaksi, jos sulla on suhdekriisi sen hoidon kanssa."*

"Ei meillä ole suhdekriisiä. Mä vaan tajusin ettei se ollut mitään suhun verrattuna," Verna sanoi ja siirtyi polvilleen Vesan eteen nojatuolin luo, *"mä tarvitsen sua ja haluun olla sun kanssa. Mä en voi mennä yksin sinne sairaalaan huomenna."*

97

Vesa laski kätensä Vernan pään päälle silittäen hiuksista ja Verna painoi päänsä Vesan polvea vasten ja tunsi olonsa edes vähän paremmaksi.

"Mä en vaan ymmärrä, että miksi sä lähdit vaikka meillä on mennyt niin hyvin," Vesa sanoi.

Verna katsoi Vesaa ruskeisiin silmiin, "en todellakaan tiedä mikä muhun meni."

"No joo, mä vien sut sinne huomenna," Vesa sanoi, "jos tästä jotain vielä tulee niin en mä kyllä toisen miehen lasta ala kasvattamaan."

"En mä sellaista ikinä sulta pyytäisikään," Verna sanoi ja painoi taas päänsä Vesan polvea vasten, "mä haluan vaan että tämä kaikki olisi ohi."

"Tule tänne nyt sieltä," Vesa sanoi ja veti Vernan syliinsä istumaan, "mulla on vaan pari ehtoo sitten tälle asialle."

Verna nyökytti päätänsä ja oli valmis tekemään mitä vain, jotta Vesa ei lähtisi pois.

"Me mennään naimisiin ja muutetaan yhteiseen kotiin," Vesa sanoi ja Verna tunsi kuinka henki salpaantui hetkeksi aikaa. Naimisiin? Näin nuorena? Hän ei saanut sanottua mitään.

Vesa tarttui hänen leukaansa kiinni ja käänsi katseen itseensä päin, "kai sä tajuat, etten voi luottaa suhun ja kun menet naimisiin mun kanssa niin sä olet sitten mun, etkä voi lähteä minnekään?"

Verna nyökkäsi vaikka koko hänen sydämensä huusi sanomaan ei, mutta jos hän ei nyt tottelisi Vesan pyyntöä, niin hän joutuisi jäämään yksin.

"Yhden asian vielä voisit kertoo mulle," Vesa aloitti hiljaa, "voisit kertoo edes kuka lapsen isä on."

"Mä en halua kertoo," Verna sanoi, "mä pyydän, että et kysy sitä enää kun sillä ei ole mitään väliä."

"On sillä mulle," Vesa sanoi tiukasti, "tunnenko mä sen?"

"Et," Verna sanoi ja toivoi että Vesa antaisi asian olla.

"Okei. Mutta sen miehen takia toivon etten ikinä saa tietää kuka se on, koska jos törmään siihen, niin siitä voi tulla pahaa jälkeä," Vesa sanoi ja Verna näki kuinka Vesan käsi puristui nyrkkiin ja toivoi, ettei lapsen isä selviäisi ikinä Vesalle.

"Et sä siihen tule törmäämään, takaan sulle sen," Verna sanoi ja toivoi ettei itsekään joutuisi törmäämään Atteen, mutta se tuskin olisi mahdollista.

Vesa lupasi jäädä yöksi ja illalla Vernan vanhemmat olivat tyytyväisiä kun Vesa oli jälleen saapunut heille yöpymään, kun Verna "oli ollut niin paljon Vesan luona" lähiaikoina yötä. Vesa veti roolinsa täydellisesti, mutta Verna oli ahdistunut

99

ajatuksesta naimisiin menosta. Ehkä jos abortti olisi jo ohi, tai ehkäpä jos hän ei olisi rakastunut Atteen, olisi hän eri mielellä naimisiinmenosta, mutta nyt asia kaiveli hänen mieltään. Oli hän silti tyytyväinen, että Vesa oli antanut anteeksi ja asiat olivat menossa parempaan suuntaan, ainakin hän oli saanut pidettyä kulissit yllä vanhemmilleen ja kaikki oli hyvin sen osalta. Huomenna hän pääsisi eroon lapsesta, joka kasvoi hänen sisällään – hänen ja Aten yhteisestä lapsesta. Verna ei tiennyt voisiko ikinä antaa anteeksi itsellensä aborttia, mutta päätös oli tehty ja hän oli saanut elämälleen turvallisen suunnan jälleen.

Verna mietti oliko ollut kaikki vuodet Vesan kanssa vain siksi, että oli kuvitellut olevansa velkaa Vesalle siitä, mitä Vesa oli tehnyt hänen vuokseen vuosia sitten. Vesa oli antanut anteeksi kaiken ja ollut tukena sairaalassa Vernan mukana. He olivat viettäneet häitä vielä saman vuoden lopussa ja Verna oli tuntenut olonsa onnelliseksi. Ei, kyllä hän Vesasta oli todella pitänyt ja ollut onnellinen tämän kanssa, mutta näin jälkeenpäin ajatellen, tuskin hän olisi Vesan kanssa pysynyt ilman kiitollisuuden velkaansa.

"Yksinkö sä täällä istut," Verna havahtui Aten kysymykseen.

"Joo yksin, kun muut vat vielä tuolla keikalla," Verna sanoi ja hörppäsi siideristänsä. Hän oli saanut juotua kyllä koko päivän, mutta ei alkoholi vieläkään erityisemmin maistunut edellisen krapulan vuoksi.

"Mennäänkö kävelylle," Atte kysyi ja Verna nousi ylös.

"Mennään tuonne rantaan, siellä on tosi kaunis auringonlasku," Verna sanoi lähtien johdattamaan Attea rantaa kohti.

"Miten sä olet voinut eron jälkeen," Atte kysyi huolestuneen kuuloisena.

"Vaihtelevasti," Verna sanoi vilkaisten Aten silmiä salaa kävelynsä lomasta, "mä oikeastaan petin Vesaa yhden Laurin kanssa, niin sen vuoksi me erottiin."

"En mä uskonut että teillä mikään rakkausliitto olikaan," Atte tuhahti, "pakottiko Vesa sut silloin naimisiin sen kanssa?"

"Oli meillä rakkautta," Verna kivahti Atelle. Mikä oikeus Atella oli tulla kertomaan mielipiteitään Vernan ja Vesan liitosta?

"No miksi sä sitten sitä petit uudestaan," Atte kysyi ivallisesti.

"Millä vitun oikeudella sä tulet kyselemään mun rakkausasioistani multa, kun itse et varmaan edes tiedä mitä rakkaus on," Verna kivahti ja istuutui rantahiekalle auringonlaskun valoon.

"Sä se et tiedä mitä rakkaus on kun kuitenkin sitten menit Vesan kanssa yksiin kaiken jälkeen mitä oli tapahtunut," Atte tuhahti ja istuutui Vernan viereen.

"Sulla oli mahdollisuus saada mut silloin, enkä olisi yhtään edes miettinyt Vesaa, jos vaan olisit yrittänyt estää mua tekemästä aborttia," Verna kivahti, "uskomatonta että edes tulin puhumaan sun kanssa!"

"Miten niin? Yritinhän mä estää, mutta itse oikein käskit Vesan tulla kertomaan mulle, että sulla ja mulla ei ole tulevaisuutta yhdessä," Atte sanoi ivallisesti ja hörppäsi juomastaan.

"Mitä sä nyt selität," Verna kysyi hämillään, "ei Vesa tiedä meistä."

"Joo kyllä se tietää," Atte sanoi ja heitti tyhjän siideripullonsa mereen, "vai ei se kusipää ole kertonut siitä mitä tapahtui kun sä olit kaavinnassa."

Aamu valkeni ja Vesa ja Verna lähtivät kohti sairaalaa. Vesa saattoi Vernan osastolle ja jäi istumaan tämän kanssa sairaalahuoneeseen. Hetken päästä Verna menisi kaavintaan ja nukutuksen jälkeen tarvittiin saattaja, jotta pääsisi kotiin.

Vesa oli luvannut odottaa sairaalassa koko ajan ja olla huoneessa jälleen kun Verna tulisi takaisin. Hoitaja oli antanut Vernalle rauhoittavan lääkkeen ja Verna torkahteli vähän väliä sen vuoksi, toisaalta myös huonosti nukuttu edellinen yö vaikutti asiaan.

Verna nukkui jälleen ja Vesa selasi omaa puhelintaan, kun kuuli kuinka Vernan puhelin soi pariin otteeseen ja hetken päästä hän kuuli viestin saapuvan Vernan puhelimeen. Puhelin oli äänettömällä, mutta värinä paljasti soiton. Verna ei liikahtanut, vaan nukkui sikeästi lääkkeen voimalla, joten Vesa tarttui puhelimeen. Hän avasi sen ja sydän alkoi takoa raivokkaasta mustasukkaisuudesta kun hän ymmärsi mitä viestin sisältä koski.

"Älä tee aborttia. Mä rakastan sua niin etten pysty elämään ilman sua ja pystyn mä sen lapsen sun kanssa saamaan. Anteeksi että olen ollut tällainen kusipää! Soita mulle!"

Vesa katsoi lähettäjän, mutta siinä luki vain "Rakas." Hän otti numeron ylös ja lähetti puhelimestaan viestin numerohakuun, josta saapui pian viesti "Atte Antero Hellström..".

Vesa puristeli käsiään nyrkkiin ja mietti mitä hajottaisi. Hän voisi kuristaa Vernan, tai ampua veljensä. Oliko Vernan lapsen isä todella Atte, Vesan kaksoisveli?

Vesa vastasi Aten viestiin, "Tule sairaalaan kahvilaan tunnin päästä." ja poisti sitten viestien tiedot Vernan puhelimesta ja poisti Aten numeron, jolloin edelliset puhelutiedot muuttuivat vain oudoksi numeroksi. Hän laski Vernan puhelimen pöydälle ja katseli Vernaa. Verna oli hänen naisensa ja hän pitäisi huolta, ettei yksikään mies enää ikinä edes vilkaisi hänen tulevan vaimonsa suuntaan.

Verna heräsi taas, kun hoitaja saapui huoneeseen ilmoittamaan, että se olisi menoa nyt. Verna vilkaisi vielä puhelintaan, mutta siellä ei ollut viestiä, eikä puhelua, jota hän toisaalta oli viimeiseen asti toivonut Atelta. Ainakin hän tiesi nyt mikä kusipää Atte oli ja oli toisaalta onnellinen, että oli näinkin nopeasti päässyt eroon sellaisesta miehestä. Vesa nousi ylös halaamaan Vernaa ja toivotti onnea operaatioon ja lupasi kaiken kääntyvän paremmaksi. Verna puristi Vesan kättä ja antoi väkinäisen hymyn tälle ja lähti sairaanhoitajan mukaan kävellen hoitajan saattaessa vuoteen kanssa hänet leikkaussaliin. Matka tuntui pitkältä ja taas kyynelet kirposivat silmiin. Leikkaussalissa häntä odotti iloisen oloinen henkilökunta.

"Mene tuohon makaamaan ja saat tästä peiton päällesi," eräs ystävällisen näköinen hoitaja sanoi ja ohjasi Vernan

leikkauspöydän luo. Leikkaussali ei ollut yhtään niin pelottava kuin hän oli kuvitellut.

"Otanko mä vaatteet pois päältä," Verna kysyi.

"Ei tarvitse," hoitaja hymyili, "menet nyt tuohon vaan ja me hoidetaan sitten loput."

Verna meni pöydälle makaamaan sydän mustana ja sai lämpöisen peiton päällensä.

"Mä laitan nyt sulle tipan käteen ja sitten huomautan sut nukkumaan. Tämä on ohi ennemmin kuin huomaatkaan," vihreisiin pukeutunut mies sanoi ja taputteli hänen kättänsä ja ennen kuin Verna edes huomasi, oli neula sujautettu hänen kämmenselkäänsä. Mies otti lääkeruiskun esiin ja työnsi sen neulan järjen Vernan kämmenessä menevään putkeen, "kauniita unia."

Pakokauhu iski Vernan mieleen. Mitä hän oikein oli tekemässä? Jos tämä lapsi nyt kuoli, ei hän ikinä tekisi enää lapsia.

Pimeys.

Vesa otti Vernan puhelimen ja meni sairaalan kahvioon odottamaan ilmestyisikö Atte todella sinne. Hän ei voinut uskoa, että hänen oma veljensä olisi todella voinut tehdä jotain tällaista. Aika mateli hitaasti ja Vesa kävi ostamassa *kahvia tärisevin käsin. Kukaan ei ikinä, IKINÄ enää koskisi hänen naiseensa, sillä Vesa olisi turvallinen ja vakaa vaihtoehto ja vain hän osasi rakastaa Vernaa kuten miehen piti. Hän ei olisi pakottanut Vernaa aborttiin, jos kyseessä olisi ollut hänen lapsensa, mutta toisen miehen lapsi oli hyvä saada pois tieltä. Lapsi ei olisi täydellinen, jos se olisi jonkun muun kuin hänen ja Vernan yhteinen.*

Vesa havahtui ajatuksistaan kun näki Aten saapuvan kahvioon. Atte haki kahvia ja Vesa seurasi kuinka tämä meni istumaan pöydän ääreen levottoman oloisena. Vesa tuijotti hetken Attea ja kuvitteli kuinka ottaisi veljensä hengiltä. Atesta ei tulisi ongelma heille ja hän pitäisi huolta siitä, että Atte pysyi erossa Vernasta lopun elämäänsä.

Vesa huokaisi ja lähti kahvikuppinsa kanssa kävelemään Aten pöytään. Atte säpsähti nähdessään Vesan ja jähmettyi kun Vesa istuutui pöytään.

"Verna, onko se täällä.." Atte sai kysyttyä hämmennyksensä keskeltä.

"Se on nyt siellä toimenpiteessä," Vesa sanoi rauhallisesti, "ei se sitä lasta halunnut. Siis sun lasta."

"Mutta miten sä," Atte aloitti hermostuneesti.

"Jaa miten mä nyt olen tässä vai," Vesa kysyi naurahtaen ja sai Atelta nolon nyökkäyksen, "no ensinnäkin en tiedä mikä

toi teidän juttu oli, mutta kai sä nyt käsität että se oli vaan joku ihme hairahdus Vernalta?"

Atte ei sanonut mitään, tuijotti vaan ruskeilla silmillään Vesaa edelleen nolona ja hämmentyneenä.

"Verna soitti mulle ja pyysi että ottaisin sen takasin, kun ei tiennyt miksi oli mennyt hairahtamaan kun rakastaa mua niin paljon," Vesa sanoi ja tunsi voiton riemua Aten hämmennyksestä, "kai sä nyt itse tajuat ettei se oikeasti suhun ollut rakastunut? Verna itse sanoi, että sen oli vaan pakko saada kokee se kun olen ollut sen eka, ihan vaan sen takia, että se ymmärtäisi miten tärkeä olen sille."

"Vesa mä olen tosi pahoillani että tein näin," Atte nieleskeli nolona. Hän ei uskonut, että olisi joutunut kohtaamaan veljensä nyt ja Vernan menetys tuntui raskaalta. Mitä hän oli mennyt tekemään?

"Joo niin varmasti olet," Vesa sanoi ja nojasi itsevarmana tuoliinsa, "ja sulla ei ole enää mitään asiaa Vernalle, se itse käski sanoo, ettei halua olla sun kanssa enää missään tekemisissä. Se käski mun tulla tänne tapaamaan sua ja kertoon se henkilökohtaisesti."

"Ymmärrän," Atte sanoi ja painoi katseensa pöytään.

"Ja ihan varmuudeksi vielä. JOS tulet vielä lähellekin Vernaa, niin kerron äidille ja kaikille mitä olet tehnyt," Vesa sanoi *hymyillen itsekseen, "ja jos et tottele niin pidän huolen, että sulle käy huonosti. Muistat varmaan sen Raisan kenen kanssa olit muutama kuukausi sitten?"*

Atte nyökkäsi hämmentyneenä.

"Etpä tajunnut, että Raisa ei oikeasti ole vielä edes viittätoista ja pidän huolen että sä olet vielä vankilassa alaikäisiin sekoamisesta jos tulet meidän lähelle," Vesa sanoi tuimasti.

Atte nousi vihaisena seisomaan ja tuijotti veljeänsä valtavan raivon vallassa. Vesa oli aina tehnyt juuri kuten halusi ja osasi pitää huolta, että asiat menisivät kuten oli suunnitellut, mutta tämä oli jo Vesaltakin ylilyönti.

"Mitä," Vesa kysyi hymyillen, "luulitko että mä vaan unohdan tämän ja annan sun kuulua meidän elämään tämän kaiken jälkeen?"

Atte ei sanonut mitään, mutta ei olisi ikinä uskonut veljestään tällaista, eikä Vesan viesti Vernalta tuntunut todelliselta, sillä Verna ei vaikuttanut sellaiselta luonteelta, joka tekisi näin.

"Saat meiltä hääkutsun pian postista," Vesa sanoi voitonriemuisena, "häihin sä tulet ja sen jälkeen me ei enää olla tekemisissä. Ymmärrätkö?"

Atte nyökkäsi ja kääntyi pois lähtien nopeasti kävelemään pois sairaalasta. Hänen ei olisi pitänyt ikinä koskea Vernaan, mutta kun hän oli tuntenut tätä kohtaan niin valtavaa intohimoa, ettei pystynyt pitämään näppejään erossa tästä. "Hääkutsu"? Atte nieleskeli itkua. Miksi hän oli ollut niin ehdoton Vernalle lapsen pitämisen suhteen? Verna itse oli sanonut kuinka vapauttavaa oli päästä eroon Vesasta ja nyt puhuttiin kuitenkin jo hääkutsusta. Verna ei voinut tosissaan olla niin rakastunut häneen kuin oli väittänyt, tai sitten Atte oli käytöksellään ajanut Vernan juoksemaan takaisin Vesan syliin, mutta kuka olisi niin epätoivoinen, että tekisi niin, jos oli rakastunut toiseen mieheen?

Atte puri hampaansa yhteen ja päätti olla itkemättä kyyneltäkään Vernan vuoksi. Vesa oli oikeassa, Atte halusi nähdä Vernan ja Vesan häät ja sen jälkeen hän ei olisi enää missään tekemisissä kummankaan kanssa. Vesasta hän ei olisi uskonut ikinä, että hän kiristäisi Attea tuolla tavalla. Raisa oli sanonut olevansa seitsemäntoista, ei Atte olisi muuten tähän koskenut. Atte istui autoonsa ja ajoi kotiinsa.

"Huomenta, sattuuko.."

Pimeys.

"Heräilepäs nyt.."

109

Pimeys.

"Osaatko sanoa asteikolla yhdestä kymmeneen kuinka paljon sattuu?"

Verna pudisti päätään. Kurkku oli kuiva, eikä hän meinannut saada sanaa ulos suustaan. Hän liikutti varpaitaan ja sormiaan ja mietti sattuiko kuinka paljon. Hän ei jaksanut ajatella.

Pimeys.

Verna heräsi jälleen samaan kysymykseen ja sai tunnusteltua itseään sen verran, että sattui, ehkä seitsemän kipuasteikolla? Hän sai sanottua sen ääneen ja tajunta alkoi palailla, vaikka olo oli raskas. Hoitaja ilmoitti antavansa kipulääkettä.

Verna yritti avata silmänsä, mutta ei jaksanut avata niitä. Hän kuuli kuorsaavaa korinaa huoneesta ja yritti katsoa mistä se tuli. Hän tajusi lopulta olevansa heräämössä ja taas kyynelet kirposivat silmiin. Kaikki oli ohi nyt. Atte ei tullut, ei edes pyytänyt anteeksi tai pyytänyt päästä mukaan sairaalaan. Vesa odottaisi häntä sairaalahuoneessa ja olisi hänen luonaan. Verna sulki jälleen silmänsä. Ainakaan hän ei olisi yksin.

Heräämöstä hänet vietiin osastolle, jossa Vesa odotti tunnollisesti ja hymyili kun Vernan vuode työnnettiin huoneeseen. Hoitaja lupasi, että kotiin pääsisi kun olisi saanut käytyä vessassa ja olo tuntuisi siltä, että pysyisi pystyssä. Verna sai ruokaa ja muutaman tunnin kuluttua kotiutuslupa tuli ja hän lähti Vesan saattamana autolle. Vesa vei hänet hotelliin yöksi, jotta Vernan vanhemmat eivät huomaisi tilannetta. Huomenna asiat olisivat jo paremmalla mallilla ja Verna voisi palata kotiin. Hotellin huone oli kaunis ja vuode pehmeä, mutta Vernan olo oli tunteeton ja tyhjä. Miten asiat olivat menneet näin? Vesa makasi Vernan takana ja silitti hiuksia ja olkapäätä.

Verna kääntyi Vesaan päin ja katsoi tätä suoraan silmiin, "mä päätin yhden jutun siellä sairaalassa."

"No minkä," Vesa kysyi ja suuteli otsalle hellästi.

"Mä en halua ikinä saada lapsia," Verna sanoi, eikä sen sanominen edes itkettänyt.

"Ihan sama mulle," Vesa sanoi ja hymyili, "mulle riittää että sä olet mun, mä en tarvitse enää lisää osapuolia meidän väliin."

Verna hymyili väkisin Vesalle ja painoi päänsä tyynyyn. Hyvä. Nyt hän voisi turvallisin mielin tehdä mitä Vesa haluaa, kun oli varma ettei hänen enää ikinä tarvitsisi tulla raskaaksi ja muistella uuden lapsen myötä julmaa tekoaan tappaessaan elävän olennon, josta olisi tullut hänen lapsensa.

Verna ja Atte kertasivat tapahtumat läpi muutamaan kertaan ja Vernan sisällä riehui myrsky. Hän oli niin vihainen, ettei uskonut pystyvänsä rauhoittumaan koko yönä. Vesa oli kyllä omalaatuinen ja päättäväinen luonne, joka varmisti, että asiat sujuivat kuten halusi, mutta ei Verna olisi Vesasta uskonut mitään tällaista. Tätä Vesa oli siis tarkoittanut, kun oli sanonut, että hänelläkin on salaisuutensa menneisyydestä.

"Mun on pakko saada nyrkkeilysäkki, tai mä käyn jonkun kimppuun," Verna raivosi vihaisena ja heitteli kiviä mereen, "mä olen niin raivoissani, etten tiedä mitä teen tämän raivoni kanssa!"

"Yritä nyt rauhoittua," Atte nousi ylös maasta.

"Mä lähden nyt selvittämään tämän asian Vesan kanssa! Perkele," Verna karjaisi ja viskasi huutaen mereen viimeiset kivet käsistään ja lähti kävelemään mökkiä kohti.

"Et helvetissä mene sen luokse tuossa mielentilassa ja humalassa," Atte tarrautui Vernan käteen ja pysäytti tämän etenemisen, "ihan turhaan menet sinne riitelemään, kun saat hoidettua ton sitten, kun pahin raivo laskee pois."

"Ei tämä mihinkään lähde," Verna huusi vihaisena ja riuhtaisi kätensä irti Aten kädestä, "mä olen koko vitun elämäni katunut sitä aborttia ja Vesa piti huolta, että mä tein sen, vaikka sä annoit mahdollisuuden olla tekemättä!"

"Et sä voi koko elämääsi pilatta sen takia, kun siitä on niin paljon aikaa," Atte sanoi ja tarttui Vernaa olkapäistä kiinni, "ymmärrän että se oli raskas päätös, mutta et sä voi antaa sen vaikuttaa kaikkeen sun elämässä."

"Mutta kun se on vaikuttanut," Verna purskahti itkuun ja hämmentyi, että pystyi myöntämään sen viimeinkin ääneen, "mä en vaan pysty antamaan itselleni anteeksi sitä. Se oli mun lapsi ja mä tapoin sen."

Atte veti Vernan halaukseen ja painoi tämän lujaa itseään vasten, "jos mä olisin tajunnut että sä voisit olla noin hajalla, niin mä olisin yrittänyt tulla puhumaan sulle jo vuosia sitten. En vaan koskaan uskaltanut, kun ajattelin, että olette kuitenkin ihan onnellisia."

Atte veti Vernan hiekalle istumaan ja piti Vernaa kainalossaan.

"Olin mä onnellinen sen kanssa, mutta kun se alkoi vaatia perheen perustamista, niin mun oli pakko paeta pois," Verna sanoi yrittäen kasata itsensä, "mä päätin etten tee ikinä lapsia, kun sen ensimmäisenkin pistin pois."

"Sähän siinä menetät jos syyllistät koko elämäsi itseesi siitä abortista ja jätät lapset tekemättä sen yhden virheen vuoksi.

Anteeksi nyt kun sanon tämän, mutta eihän se nyt ollut edes mikään vauva vielä kun oli niin alussa ja olisihan se voinut mennä vaikka kesken," Atte sanoi rauhallisesti.

Verna puri huultansa ja kiukun tunne lävisti hänet. Atte oli oikeassa, mutta kun oli elänyt neljätoista vuotta syyllisyydentunteen kanssa, niin siitä oli tullut osa Vernan identiteettiä, eikä hän pystyisi päästämään irti siitä tunteesta. Nyt Verna ymmärsi itsekin, ettei ollut koskaan käsitellyt asiaa kunnolla loppuun – hänen elämänsä oli kokonaisuudessa yksi iso käsittelemätön asia.

Verna nojasi Aten lämpimään vartaloon pitkään, eikä kumpikaan sanonut mitään hetkeen aikaan.

"Mitä luulet, millaista meidän elämä olisi ollut, jos me oltaisiin pidetty se vauva ja pysytty yhdessä," Verna kysyi lopulta.

Atte naurahti ja painoi päänsä Vernan hiuksiin, "meillä olisi varmaan nyt kolme lasta ja tosi paljon seksiä. Sitten olisi iso omakotitalo, labradorinnoutaja ja punainen farmari, eli juuri sellaista, kuin tämän ikäisillä kuuluu ollakin."

"Paljoa seksiä lukuun ottamatta kuulostaa juuri sellaiselta, mitä mä en halua," Verna sanoi, mutta pieni pisto lävisti hänen sydämensä, sillä se oli juuri se mistä hän oli haaveillut ollessaan Aten kanssa.

"No mitäpä menneitä miettimään, kun asiat ovat menneet näin kuin ovat," Atte sanoi huokaisten.

Verna käänsi päänsä Atteen päin ja jäi kiinni tämän silmiin. Verna nosti kätensä Aten pään päälle silittäen tämän lähes kaljua päänahkaa kädellään. Atte siveli Vernaa käsivarresta ja Vernasta tuntui, ettei heidän yhdessä olostaan olisi kulunut yhtään vuotta, vaan kaikki oli kuten ennenkin. Verna hymyili Atelle kun Atte viimeinkin kumartui painamaan huulensa Vernan huulille ja suuteli intohimoisesti Vernaa. Verna tunsi pitkästä aikaa voimakasta himoa ja tiesi, ettei hänen tunteensa Attea kohtaan olleet kadonneet mihinkään. Hän rakasti Attea edelleen kaikkien vuosien jälkeen ja kun he rakastelivat rantahiekalla, tuntui Vernasta, että oli juuri oikeassa paikassa ja hän toivoi, että olisi saanut jäädä siihen muistamatta mitään menneisyydestään.

6. Pakollinen suunnan muutos

Atte lähti kotiinsa ensimmäisen festari-illan jälkeen ja Verna jäi omien mietteidensä kanssa viettämään vielä toista vuorokautta sinne. Verna oli hämmentynyt siitä, että oli saanut olla Aten kanssa kaikkien näiden vuosien jälkeen ja Atte oli tuntunut yhtä hyvältä, kuin menneisyydessäkin.

Kiukku Vesaa kohtaan kalvoi edelleen Vernan sisällä ja hän oli miettinyt koko päivän miten saisi sanottua Vesalle tietävänsä kaiken mitä aikanaan tapahtui. Verna ei vieläkään uskonut todeksi Vesan tekoa, mutta kaikki palaset olivat loksahtaneet paikoilleen nyt kun Verna tiesi totuuden.

Verna oli juonut alkoholia taas koko päivän ja illalla hän alkoi olla sopivasti humalassa, ollakseen sellaisessa mielentilassa, että päätti hypätä taksiin ja ajaa Vesan luo selvittämään asioita. Työkaverit kyllä yrittivät puhua Vernan jäämään, mutta sen enempää selittelemättä Verna oli jo tilannut taksin ja ajoi Vesan uutta asuntoa kohti. Koko tunnin taksimatka meni ihan sumussa, eikä Verna edes tiennyt ajan kulua ennen kuin taksikuski pyysi maksua, joka oli monta sataa euroa. Verna maksoi luottokortilla ja asteli vihaisena

Vesan asunnon ovelle. Valot paloivat, joten Vesa oli ainakin kotona. Verna painoi ovikelloa ja jäi tuimana odottamaan oven avautumista.

Vesa avasi oven hämmentyneenä, "kello on yksitoista, mitä sä täällä teet?"

"Tulin vähän juttelemaan sun kanssa," Verna sanoi tylysti ja tuli väkisin sisälle. Hän viskasi reppunsa lattialle eteiseen ja heitti neuletakkinsa perään.

"No mikäs noin kiukkuiseksi sut on saanut," Vesa kysyi tylysti ja sulki ulko-oven.

"Mun oli pakko tulla, kun mä olen niin raivoissani," Verna aloitti ja hänen teki mieli käydä Vesan kimppuun kun oli niin vihainen.

"Taitaa olla rouvalla rähinäkänni päällä," Vesa totesi naurahtaen, "no anna tulla nyt vaan."

Vernaa raivostutti Vesan pilkallinen asenne häntä kohtaan ja hän tuijotti vihaisena, kun Vesa käveli hänen ohitsensa olohuoneeseen.

"Olin festareilla ja törmäsin siellä sun veljeesi," Verna tuhahti ja sai Vesan istuutumaan sanomatta sanaakaan, "ja me vähän juteltiin menneisyydestä."

"Sepäs kiva. Toivottavasti olette nyt saanut kaikki asiat juoruttua," Vesa sanoi tylysti.

"Vitun kusipää olet oikeasti," Verna huusi, "mä olen niin vihainen sulle, etten pysty sanoin kuvaamaan!"

"Jaa sää olet vihainen mulle," Vesa naurahti, "ollaan sitten tasoissa, kun tunnetaan samoin toisiamme kohtaan."

"Miten sä oikeasti pystyit antamaan mun mennä sinne aborttiin, vaikka Atte yritti estää mua," Verna huusi raivon vallassa, "sä olet pilannut mun elämän!"

Vesa nousi ylös sohvalta korottaen ääntään, "jaa mää olen pilannut sun elämän?!"

"Kaikki vois olla ihan toisin, jos en olisi ollut niin tyhmä että soitin sulle kun Atte hylkäsi mut," Verna huusi.

"Joo kaikki vois olla toisin, jos mä en olisi ollut niin vitun tyhmä ja antanut sulle anteeksi sitä, että sä kävit naimassa mun veljeeni," Atte karjui takaisin, "siis mun kaksosveljeeni!"

"Mitä vitun väliä sillä on ketä mä olen käynyt panemassa, kun sä järjestit asian niin, että mä en saanut mahdollisuutta katsoa sitä asiaa loppuun," Verna huusi.

Vesa otti muutaman askelen lähemmäs Vernaa, "ei Verna. Sä itse järjestit asian niin, että mun oli pakko tehdä se."

"Sä olisit voinut sanoa mulle, että Atte yritti soittaa," Verna kivahti.

"Jaa että kun olin juuri tehnyt päätöksen, että annan sulle anteeksi ja sä olit vakuutellut etten tunne lapsen isää, niin sitten vielä olisin sanonut, että hei sun uusi rakkaasi soittaa, että mä tästä lähdenkin kun te elätte elämänne onnellisina loppuun asti," Vesa sanoi pilkalliseen äänensävyyn, "sainpahan kostoni samalla."

"No sait todellakin. Sait hajotettua mut palasiin, joita mä keräilen vieläkin," Verna huusi istuutuen sohvalle ja jatkoi hiljaa, "voit olla tyytyväinen. Sun kosto onnistui todella hyvin."

Vesa tuli istumaan Vernan viereen, "mieti nyt itse tilanne mun kannalta. Mitä sä olisit tehnyt mun tilanteessa, jos olisit huomannut, että yhteen paluun jälkeen voisit heti menettää sen kaiken?"

Verna kohautti hartioitaan. Hänen oli pitänyt vain huutaa Vesalle, että tämä oli kusipää ja lähteä sitten pois tyytyväisenä sanottuaan mielipiteensä ja nyt kaikki oli kääntymässä Vernaa vastaan.

"Oliko sulla sitten niin paskaa mun kanssa kaikki vuodet, että sun pitää nyt sit heittää kaikki vasten naamaa mulle," Vesa kysyi.

"Ei, en mä sillä tätä sulle raivoa," Verna sanoi hiljaa tuijottaen seinää, "mä olen vaan niin.."

Verna huokaisi syvään.

"Mä olen vaan niin hajalla," Verna sanoi hiljaa ja nousi ylös, "anteeksi. Mä menen nyt kotiin."

"Odota nyt," Vesa sanoi ja istutti Vernan sohvalle takaisin, "pitäisikö tämä nyt puhua viimeinkin loppuun?"

"Mitä puhumista tässä on," Verna kysyi hiljaa, "mä olen pilannut sun elämän ja sitä mä en pysty muuttamaan."

Vesa tarttui Vernan niskaan kiinni kääntäen Vernan katseen omiin silmiinsä, "et sä ole pilannut mun elämääni. Mä itse tein päätöksen olla sun kanssa, kun olin saanut totuuden selville. Mä halusin olla sun kanssa kaikesta huolimatta, enkä mä vaihtaisi yhtään vuotta pois siitä mitä meillä on ollut."

"Sä olisit voinut perustaa perheen jonkun kanssa, mutta mä olen vaan nuollut haavojani vuosien ajan, enkä ole ollut yhtään sellainen vaimo minkä sä olisit ansainnut," Verna huokaisi ymmärtäen ensimmäistä kertaa sen, miten itsekäs ihminen oikeastaan oli ollut.

"Mä rakastin meidän elämää ja rakastin sitä mikä sä olit," Vesa sanoi pitäen edelleen Vernaa niskasta kiinni lämpimällä kädellään, "rakastan mä vieläkin tota mikä sä olet."

"Ei mua kannata rakastaa," Verna irrottautui Vesan otteesta, "mä olen tosi itsekäs ihminen."

121

"Ei kun sä olet ollut mieletön just tuolaisena," Vesa sanoi, "olen aina ihaillut sun vahvaa luonnettasi."

"En mä ole ollut vahva. Mä olen ollut vihainen ja katkera," Verna sanoi ja käveli eteiseen Vesa perässään.

"Älä nyt mene," Vesa sanoi ja halasi Vernaa, "puhutaan nyt kun aloitettiin."

"Mä en jaksa puhua," Verna sanoi hiljaa ja vastasi Vesan halaukseen.

"Okei ei puhuta, mutta jää tuohon sohvalle nukkumaan pääsi selväksi, ettei tarvitse mennä tuolla fiiliksellä kotiin yksin," Vesa sanoi.

"Mä en voi, kun mun on sua ikävä," Verna kuiskasi hiljaa ja pelästyi miten paljon se piti paikkansa, hän todella ikävöi Vesaa, "se tuntuisi tosi pahalta."

"Tulet sitten mun viereen nukkumaan, niin saat mielenrauhan täksi illaksi," Vesa sanoi painaen huulensa Vernan kaulaa vasten.

Verna huokaisi ja päätti jäädä. Hän tunsi itsensä jälleen kokonaiseksi kun sai olla Vesan syleilyssä, sillä vaikka mitä oli tapahtunut, oli Vesa aina ollut hänen tukipilarinsa. Verna antautui aviomiehensä syleilyyn yöksi ja liitto sai täyttymyksensä pitkästä aikaa, eikä rakastelu Vesan kanssa tuntunut yhtään epämiellyttävältä.

Verna avasi silmänsä aamulla ja taas hänen päässään jyskytti pieni krapulan poikanen, vai oliko eilinen raivo saanut hänen päänsä niin kipeäksi? Verna nosti päätään ja muisti päätyneensä Vesan vuoteeseen. Vesa nukkui levollisesti ja Verna katseli hetken aviomiehensä kasvoja, joita oli kaivannut paljon. Hän sivelsi kämmenselällään Vesan poskea ja nousi huokaisten ylös vuoteesta. Hän oli hypännyt sänkyyn kolmen miehen kanssa kolmen vuorokauden sisällä ja se teki hänestä epämiellyttävän naisen kenelle tahansa näistä kolmesta miehestä, joita hän tuntui kaikkia rakastavan omalla tavallaan.

Verna noukki hiljaa vaatteensa lattialta hiipien eteiseen pukemaan kenkiä jalkaansa. Hän ei halunnut herättää Vesaa ja kertoa jälleen kerran jättävänsä tämän, vaikka rakastikin tätä mielettömän paljon. Verna oli ymmärtänyt nyt, että oli mennyt naimisiin Vesan kanssa kiitollisuudesta, mutta myös rakkaudesta, sillä olihan hän rakastunut Vesaan alkaessaan seurustella tämän kanssa. Vaikka Verna oli tuntenut erilaista rakkautta Attea kohtaan, niin vuosien varrella hänen tunteensa Vesaa kohtaan olivat kasvaneet ja syventyneet sellaisiksi, ettei hän varmaan ikinä tuntisi samanlaista rakkautta ketään kohtaan. Oli eri asia tuntea palavaa huumaa ja rakkautta, kuin rakkautta, joka oli samalla turvallista ystävyyttä. Jos hän olisi ollut järkevä, hän olisi nyt jäänyt Vesan luokse ja tyytynyt tähän rakkauteen, mutta Verna halusi alkaa kaiken alusta. Hän tiesi, ettei voisi jatkaa elämäänsä onnellisena, jos ei nyt viimeinkin käsittelisi asioita elämänsä varrelta ja siihen ei kuuluisi kukaan näistä menneisyyden miehistä.

Verna päätti lähteä loppulomansa ajaksi mummullensa Ouluun ja sulki puhelimensa kokonaan. Hän auttoi mummua maatilan töissä ja työsti ajatuksia menneisyydestään paljon. Maalla olo oli kevyt ja kaikki murheet sai jättää Tampereelle. Ilona oli ainoa jolle hän oli laittanut viestin olinpaikastaan ja Ilona oli luvannut pitää sen salassa. Ilona oli ainoa maailmassa joka ei tuominnut ikinä Vernan tekemisiä, vaan tuki aina kaikin mahdollisin tavoin kaikkia päätöksiä mitä Verna teki.

Verna huokaili junassa matkalla Tampereelle, sillä kolme viikkoa mummun luona lämpimässä ja rakkauden täyttämässä ilmapiirissä oli kulunut liian nopeasti, eikä Verna ollut valmis palaamaan vielä kohtaamaan kaikkia ihmisiä kotikaupunkiinsa. Hän ei ollut uskaltanut avata vieläkään puhelintaan, sillä pelkäsi viestien tulvaa, mitä sieltä mahdollisesti löytyisi. Hän oli päättänyt pysyä yksin, ilman että koskisi hetkeen aikaan miehiin, eikä hän aikonut käydä viihteellä pitkään aikaan. Nyt hän keskittyisi työhönsä ja keksisi mihin suuntaan alkaisi elämäänsä viedä. Ehkäpä hän saisi säästettyä rahaa ja voisi lähteä talvella Thaimaaseen kuukaudeksi reissaamaan, aivan kuin he olivat Vesan kanssa tehneet useasti vuosien varrella – nyt hänen pitäisi vain opetella nauttimaan yksinolosta.

Illalla Vernan juna saapui Tampereelle ja hän meni suoraan asunnolleen. Asunto tuntui kodilta ja Verna hymyili muistellessaan hauskanpitoa Joonan kanssa remontin ollessa käynnissä. Joona voisi olla leppoisaa seuraa joku ilta ja olihan hän luvannut Joonalle kännipäissään elokuvaillankin. Verna purki laukkunsa ja päätti viimeinkin avata puhelimensa, joka piippasi pitkän aikaa saapuneita viestejä. Hän päätti poistaa kaikki viestit lukematta niitä sen enempää, mutta oli saanut viestejä ainakin Vesalta ja Laurilta. Hän laittoi molemmille miehille pahoitteluviestin poissaolostaan ja lupasi selittää joskus, mutta ei olisi siihen valmis nyt, eikä haluaisi nähdä juuri nyt. Verna riisuutui ja meni peiton alle nukkumaan, sillä aamulla olisi työpäivä pitkästä aikaa ja hänen täytyisi olla hyvissä voimissa tehdessään personaltrainerin työtä.

Ensimmäinen työpäivä sujui hyvin ja samaten koko työviikko, vaikka Vernan olo olikin väsynyt. Lauria ei näkynyt salilla ja saattoi olla, että Lauri välttelikin häntä tarkoituksella, sillä olihan hän tehnyt tylysti kadotessaan maisemista hetkeksi aikaa. Toisen työviikon aikanakaan väsymys ei alkanut helpottaa, vaikka Verna nukkui lähes kaiken vapaa-aikansa ja hän alkoi tosissaan huolestua olostaan. Jumppien vetäminen alkoi tuntua raskaalta ja tuntui kuin into työhön olisi kokonaan loppunut. Oliko hän masentunut, vai mistä tällainen olotila johtui? Kolme viikkoa töihin paluun jälkeen Vernan olo oli jatkuvasti huono, eikä töistä meinannut tulla enää mitään. Ilona oli saapunut salille Vernan seuraksi jumppaamaan ja Verna saisi kertoa pelkäävänsä sairastavansa syöpää tai jotain muuta kamalaa sairautta, joka oli viemässä hänen kuntonsa kokonaan maan alle.

"Me mennään Jannen kanssa naimisiin joulukuussa, pidetään uudenvuoden häät," Ilona sanoi hymyillen ja Ilona oli ollut Jannen myötä pelkkää hymyä.

"Ihanaa," Verna huudahti innoissaan, sillä hän oli vilpittömästi onnellinen Ilonan puolesta, "en ole aikoihin ollut missään häissä."

"Nyt olisi kaason paikka jälleen vapaana," Ilona sanoi naurahtaen, "kun sä nyt olet jo kokenut sen kertaalleen aiemminkin mun häissä."

"No tulen ehdottomasti," Verna hymyili Ilonalle, "jos mä jatkan tätä mun alkoholitonta kautta sinne asti sitten?"

"Älä nyt helvetissä kun tulee polttaritkin vielä, eikä olla tupaantuliaisiakaan ehditty vielä juhlia," Ilona totesi, "lämmitelläänkö kahvakuulalla?"

"Joo sillä saa parhaiten lämmön päälle," Verna sanoi, mutta tunsi olonsa väsyneeksi ja huonoksi, eikä olisi ilman Ilonaa edes tullut salille tänään, kun oli vapaapäiväkin.

He valitsivat kahvakuulat ja alkoivat lämmitellä, mutta Vernan oli pakko istuutua hetkeksi aikaa lattialle, sillä häntä alkoi pyörryttää.

"Pystytkö jatkamaan," Ilona kysyi huolestuneena, "olet ihan valkoinen."

"Mulla on varmaan syöpä tai jotain kun tällainen olo on jatkunut useamman viikon," Verna sanoi ja nousi seisomaan, "jatketaan tämä lämmittely alta pois, niin kyllä tämä tästä."

"Pakkohan sun on lääkäriin mennä, jos sun olo on tuollainen vieläkin," Ilona sanoi huolestuneena, "en mä tajunnut viimeksi, että sua noin kovaa pyörryttää kun siitä puhuit."

"Ei mulla ole aikaa käydä lääkärissä," Verna hymähti Ilonalle, "luulen että mulla on huonon ruokavalion vuoksi hemoglobiini vaan laskenut alas ja tarvitsee hakea rautakuuri."

"Haet sen sitten tänään vielä," Ilona sanoi.

He jatkoivat hetken aikaa, mutta huononolon tunne pyyhki Vernan lävitse ja hän nieleskeli pahaa oloaan hetken aikaa, mutta lopulta hänen oli pakko juosta kuntosalin läpi vessaan oksentamaan. Hän ilmoitti Ilonalle, että ei varmaan ollut valmis jatkamaan treeniä ja lähtisi kotiin.

Seuraavana aamuna huono olo alkoi aamusta ja Vernan oli pakko jäädä sairaslomalle töistä. Hän oli töistä poissa koko viikon ja olo meni vaan pahemmaksi koko ajan. Lopulta hänen oli pakko luovuttaa ja lähteä ensiapuun, sillä mikään ei tuntunut pysyvän sisällä. Hän yritti jaksaa saada itsensä ylös vuoteelta, mutta häntä pyörrytti niin paljon, ettei hän pystyisi menemään ensiapuun itse. Ilona oli töissä, eikä hän halunnut soittaa Vesaa tai Lauria kyyditsemään itseensä, joten hän päätti soittaa Joonalle ja pyytää tätä. Joona olisi varmaan päässyt jo töistä pois.

"Moi," Joona vastasi puhelimeen.

"Mä tarvitsen sulta yhtä palvelusta," Verna sanoi väsyneesti.

"Et ole ottanut aikoihin mitään yhteyttä ja nyt pyydät palvelusta," Joona tuhahti puhelimeen.

"Tiedän. Anteeksi, mutta mun on ollut pakko saada olla ihan yksin," Verna sanoi, "mä tarvitsen kyydin ensiapuun."

"Ensiapuun," Joona kysyi, "onko jotain sattunut?"

Verna selitti tilanteen ja Joona lupasi lähteä viemään. Joona haki Vernan sisältä ja auttoi hänet autoon. Joona saattoi Vernan vielä ensiapuun ja jäi istumaan sinne seuraksi. Verna ei tiennyt miten päin olisi ollut, sillä olo oli niin järkyttävän kamala, että hän olisi ollut valmis viiltämään ranteensa auki helpottaakseen oloaan. Hän pääsi melko pian makaamaan nestetiputukseen.

"Kyllä sä voit Joona mennä kotiin jo, kun kyllä mä pärjään täällä," Verna sanoi ja yritti urhoollisesti hymyillä Joonalle.

"En varmasti mene ennen kuin kuulen että mikä sua vaivaa," Joona sanoi huolissaan, "eihän tuommoinen nyt ole normaalia."

"Mitenkäs täällä voidaan," lääkäri tuli sermin takaa kysymään.

"Kuolemaa odotellessa," Verna sanoi hiljaa ja veti peittoa paremmin päällensä.

"Kauan sulla on jatkunut tällainen olo," Lääkäri kysyi.

"Tämä huono olo on ollut pari viikkoa ja pahentunut vaan, mutta olen ollut monta viikkoa tosi väsynyt," Verna sanoi, "tehkää ihan mitä vaan, että saatte tämän loppumaan."

"Otetaan sulta nyt ainakin tulehdusarvot ja muutama muu verikoe varmuudeksi," Lääkäri sanoi ja kirjasi paperiin ylös jotakin, "sulta tullaan kohta ottamaan verikokeet ja jättäisin sut yöksi osastolle varmuudeksi, kun olet noin heikossa kunnossa. Saa mennä toi nesteytys sitten ihan rauhassa."

Verna nyökkäsi, "voinko mä saada jotain millä saisin unen päästä kiinni, etten tuntisi hetkeen tätä huonoa oloa."

"Katsotaan ne verikokeet ensin ja osaston lääkäri saa sitten miettiä jatkosta sun kanssa," Lääkäri sanoi, "joskus jotkut oksennustautivirukset on tosi sitkeitä."

Verna vietiin osastolle ja Joona lähti kotiin sen jälkeen, kun Verna oli luvannut soittaa heti kun tietää jotain lisää.

Illemmalla yksi osastonhoitajista tuli katsomaan Vernaa, "mikä vointi?"

"Ehkä asteen parempi," Verna sanoi ja olo todella tuntui vähän paremmalta.

"Olit pyytänyt sitä unilääkettä, mutta lääkäri kielsi toistaiseksi antamasta sitä," hoitaja sanoi, "mutta tulehdusarvot oli ainakin ihan normaalit, joten joku virus toi on luultavasti."

"Kunhan vaan loppuisi," Verna hymähti ja oli pettynyt kun ei saanut unilääkettä. Toisaalta hän oli saanut nyt nukuttua niin hyvin, että tuskin hän sitä edes tarvitsisi.

Verna oli voimistunut aamulla sen verran, että sai jopa syötyä vähän aamupuuroa. Lääkäri saapui puolilta päivin Vernan luo.

"Onko olo sellainen, että sut voisi kotiin laittaa," lääkäri kysyi.

"On joo paljon parempi," Verna huokaisi, vaikka oli häntä edelleen pyörryttänyt käydessään vessassa.

"Onko sulla mitään aavistusta mistä tämä oksentelu olisi saattanut johtua," lääkäri kysyi mietteliäänä.

"Se hoitaja meinasi jotain viirusta," Verna sanoi.

"Kun näissä verikokeissa ei ole muuten mitään, mutta hcg sulla on taivaissa," lääkäri totesi tuijottaen papereitaan.

"Jaa mikä on taivaissa," Verna kysyi hölmistyneenä.

"Hcg, eli verikokeen mukaan sä olisit raskaana," lääkäri sanoi ja mutristi suutaan.

"Anteeksi mitä," Verna sanoi naurahtaen, eikä ollut täysin sisäistänyt lääkärin kertomaa.

"Miten sulla on toi ehkäisypuoli ollut hoidettuna," lääkäri kysyi.

"Mulla on ehkäisykapseli," Verna sanoi silmät pyöreinä.

"Koska se on otettu," Lääkäri kysyi huolestuneena, "se pitää ottaa nyt heti pois, ettei se vaaranna mitään."

"Sen pitäisi olla vielä vuoden voimassa," Verna sanoi, "olen ottanut sen 2009 keväällä."

Lääkäri oli hiljaa hetken aikaa, "sittenhän se olisi pitänyt vaihtaa jo tämän vuoden keväänä."

Vernasta tuntui ettei hän saanut henkeä. Mitä oikein tapahtui?

"Tule tuonne toimenpidehuoneeseen mun kanssa, niin ultrataan sut, että nähdään miten pitkällä se on," lääkäri sanoi ja Verna lähti jalat vapisten seuraamaan lääkäriä huoneelle. Hän kävi makaamaan tutkimuspöydälle ja lääkäri alkoi ultrata.

Lääkäri oli hetken hiljaa, mutta käänsi hymyillen ultrakuvan Vernaan päin, "tuossa sykkii sydän ja yksi täällä näyttäisi olevan."

Verna tuijotti kuvaruutua suu auki, eikä osannut sanoa järkytykseltään mitään.

"Mittojen mukaan olisi nyt raskausviikkoja 9+2," lääkäri sanoi ja tulosti yhden kuvan, "onko sulla vakituinen kumppani, tai tietoa isästä?"

Verna ynnäili hetken aikaa ja hän ei saanut henkeä kunnolla. Hetken päästä hän hengitteli paperipussiin lääkärin avustuksella ja toivoi kuolevansa siihen paikkaan. Kyllä hän tiesi lapsen isän, tai ainakin jonkun niistä mahdollisesta kolmesta isästä. Tämän kaiken oli pakko olla pahaa unta.

Kun Verna oli saatu rauhoittumaan ja muutama tunti oli kulunut eteenpäin, oli Verna sairaalan aulassa odottamassa kyytiä kotiin Joonalta fyysinen olo paljon parempana, mutta henkinen olo olikin sitten jotain ihan muuta. Kuinka tällaisen asian kanssa pystyisi nyt jatkamaan? Oli ollut tarpeeksi noloa tiedostaa makaavansa monen miehen kanssa kerralla ja nyt sitten vielä tämä – universumin oli pakko vihata häntä toden teolla.

"Ihanaa kun sä pääset kotiin," Joona säikäytti Vernan ajatuksistaan.

"Joo," Verna sanoi ja lähti katse tyhjänä kävelemään autolle.

"Onko kaikki nyt hyvin kun ne kotiutti sut," Joona kysyi ja otti Vernan laukun käteensä, ettei Vernan tarvinnut kantaa sitä.

"Ei," Verna sanoi jatkaen kävelyä.

"Mitä se lääkäri sitten sanoi," Joona tarrautui Vernan hihaan kiinni pysäyttäen Vernan matkanteon, "onko sulla jotain vakavampaa?"

Verna oli hiljaa hetken ja mietti mitä hänen pitäisi nyt vastata.

"Sano nyt," Joona aneli.

"Mä olen raskaana," Verna sanoi ja jatkoi taas kävelyä.

"Jaa siis olet mitä," Joona kysyi hölmistyneenä.

"Raskaana," Verna sanoi korottaen ääntään.

Joona tuli hiljaa Vernan perässä ja avasi oven Vernalle. He ajoivat sanomatta sanaakaan Vernan asunnolle, jonne Joona Vernan saattoi ja tuli vielä eteiseen seisomaan.

"Kuka sen isä on," Joona kysyi lopulta.

"En tiedä varmaksi," Verna sanoi ja nojasi seinään, "jonkun ylemmän voiman on pakko vihata mua kun mulle käy näin."

"Jos mä nyt käyn kaupasta hakemassa sulle jotain safkaa tänne ja yritä sä nyt herätä kun olet ihan tokkurassa näemmä vieläkin, "Joona sanoi poistuen Vernan asunnosta.

Verna ei ollut itkenyt kyyneltäkään vielä, mutta oli varma, että hanat aukeaisivat jossain vaiheessa. Miten hän ei ollut tiennyt ehkäisykapselin vaihdon olevan jo tänä vuonna? Ihme ettei hän ollut tullut aiemmin raskaaksi ja jos olisi, niin lapsella olisi ainakin vain yksi isäehdokas.

Huomenna hänen pitäisi heti soittaa ja varata aika aborttikeskusteluun, sillä tätä isäongelmaa hän ei halunnut kohdata, eikä hän halunnut saada lastakaan.

Joona toi kaupasta muutaman kassillisen verran tavaraa jääkaappiin ja varmisti, että Vernalla oli kaikki hyvin ennen kuin lähti kotiin. Verna nukahti vuoteelleen olo turtana.

Yöllä Verna heräsi kuitenkin nähtyään unen siitä, kuinka hän oli synnyttänyt lapsen ja päätti jättää sen sairaalaan kun hän ei halunnutkaan sitä ja sillä hetkellä Vernan itkutulva sai alkunsa. Hän itki tilannettaan, mutta jostain syystä hänellä oli myös kamala olo siitä, että oli unessa tehnyt niin lapselleen. Olisiko hän sittenkin äitityyppiä, jos uni järkytti häntä niin paljon? Ajatus uudesta abortista oli ahdistava.

Verna oli vielä viikon sairaslomalla ja mietti tilannettaan. Ensimmäiset päivät viikosta kuluivat itkiessä, mutta lopulta kuitenkin hänen ajatuksissaan alkoi olla sijaa lämpimille ajatuksille lapsen tulolle. Hän oli yli kolmekymmentä, joten iän puolesta lapsen saanti ei ollut mitenkään huono, eikä oikeastaan Vernan elämäntilannekaan ollut mikään este lapsen saannille. Ajatus lapsen syntymisestä alkoi tuntua enemmän hyvältä idealta kuin huonolta. Joona oli käynyt viikon mittaan täydentämässä Vernan jääkaappia ja hakenut mitä Verna tarvitsi. Viimeinkin Ilona oli tulossa kylään Vernan luo.

Ilona toi mukanaan pienen valkoisen nallebodyn, pienen pipon ja settiin kuuluvat housut Vernalle. Jos niiden tuoja olisi ollut kuka muu tahansa, niin Verna olisi varmaan siltä seisomalta vääntänyt niskat nurin siltä henkilöltä. Mutta nyt Verna tyytyi vaan irvistämään Ilonalle ja pudistelemaan päätään leikkimielisesti.

"Kuules nyt losoperse," Ilona sanoi leikillään, "kuka voisi olla sun mielestä varmin isä tuolle?"

Verna huokaisi, "nyt täytyy kyllä sanoo, että ei mitään hajua. Olen ollut kaikkien kolmen kanssa vuorokauden välein."

"No kenet sä haluisit sen isäksi," Ilona kysyi.

"En ketään," Verna huokaisi, "on käynyt abortti kyllä helpoimpana vaihtoehtona mielessä."

"Et sä sitä tee," Ilona totesi itsevarmasti, "sä kaduit sitä sun ja Atenkin lapsen menetystä, niin sä kyllä pidät tämän."

"En tiedä," Verna sanoi ja otti ultrakuvan pöydältä ojentaen sen samalla Ilonalle, "tuommoinen se nyt on."

"Ihana," Ilona huudahti tuijotellessaan kuvaa, "mulla on ihan hirveä vauvakuume!"

"No jos sä sitten hoidat tämän mun puolesta," Verna hymähti.

"Kuule sulla on aika paljon aikaa tottua ajatukseen että sulle tulee pinnasänky tänne asuntoon," Ilona sanoi, "et sä sitä tule katumaan, jos sä sen pidät."

"En kai," Verna huokaisi, "mutta miksi tähän pitää liittyä tämä huono olo?"

"Sulla on käynyt vaan paska säkä," Ilona totesi, "ei toi koko odotusaikaa jatku."

"Joo toivottavasti kun en viitsi huutaa kaikille kolmelle isäehdokkaalle ja syyttää niitä tästä huonosta olosta," Verna naurahti ja korjasi asentoaan sohvalla.

Ilona katsoi hymyillen Vernaa hetken aikaa, "susta tulee sitten äiti."

"Niin kuka olisi uskonut," Verna hymyili takaisin Ilonalle.

"Mutta miten sä nyt meinaat hoitaa tuon isäongelman," Ilona kysyi.

"Onko mun pakko kertoa kenellekään vauvasta," Verna kysyi mietteliäänä, "jos vaan kasvatan tämän yksin?"

"On se reilumpaa lapselle että se tietää kuka sen isä on ja saa isänperintönsä aikanaan," Ilona sanoi.

Verna nyökkäsi päätään, "olet oikeassa. Mutta mä haluan nyt ensin sisäistää tämän asian ja katson sitten, mikä mieliala mulla on. Onhan tässä aikaa."

Verna huokaisi. Nyt hänen pitäisi vaan tottua ajatukseen siitä, että hän saisi lapsen, mutta tieto edessä olevasta isäehdokkaan löytymisestä ei miellyttänyt häntä.

7. Tieto lisää tuskaa

Verna kykeni töihin vasta kun raskausviikkoja oli jo viisitoista. Huono oli kadonnut lähes kokonaan ja pysyi poissa, jos hän vaan söi tasaisin väliajoin. Oli viimeinkin aika palata työpaikalle kohtaamaan ihmettelyt pitkän sairasloman vuoksi. Verna ei ollut Ilonaa ja Joonaa lukuun ottamatta kertonut raskaudesta kenellekään, mutta ei hän sitä pitkään salaisi, sillä hänen lyhyt ja hoikka vartalonsa alkoi tuoda kasvavan vatsakummun esille ja joku tarkempi olisi asian jo ehkä huomannutkin.

Vernan kunto oli romahtanut maatessa monta viikkoa ihan totaalisesti ja viimeisen viikon aikana hän oli käynyt Joonan kanssa varovaisella lenkillä, mikä oli tuntunut raskaalta ja oli outoa huomata kuinka kunto oli päässyt laskemaan, etenkin kun oli normaalisti aina ollut liikunnallinen ihminen.

Verna viimeisteli banaaninsa pukuhuoneessa ja valmistautui ottamaan ensimmäisen asiakkaansa pian vastaan. Jumppien vetämisen hän oli saanut siirrettyä muille onneksi ja sai keskittyä nyt vaan oman kuntonsa kohotukseen. Pitkästä aikaa hän oli ajatellut kokeilla tehdä varovaisen salitreeninkin työpäivänsä päätteeksi.

"Verna," Essi ja Annukka huusivat innoissaan ja tulivat halaamaan tiskin luo saapuvaa Vernaa, "missä sä olet oikein ollut?"

"Olen ollut kipeänä vähän rankemmalla kädellä," Verna hymyili työkavereilleen ja meni selaamaan ajanvarausjärjestelmää, "onko mulla monta asiakasta tänään?"

"Ei ole kuin kuusi," Annukka sanoi ja nojaili tiskiin, "Illu käski antaa kevyen aloitusviikon."

"Se sopii paremmin kuin hyvin," Verna sanoi ja selasi asiakkaansa läpi. Leppoisa päivä edessä, sillä kaikki olivat uusia salille tulleita asiakkaita ja kukaan ei ollut tuttu, joten Vernan ei tarvinnut selitellä poissaoloaan vielä.

"Voisit sä nyt kertoa mikä sulla oli, kun Illu ei suostunut kertomaan," Essi uteli.

"Voin mä sanoa, mutta en halua että tieto leviää vielä kun tämä tilanne on tosi hankala," Verna sanoi, eikä hän oikeastaan halunnutkaan enää salata odotustaan.

"Kyllä sä tiedät ettei me puhuta," molemmat työtoverit odottivat jo suurta paljastusta.

"Olen raskaana," Verna sanoi ja sai työkavereidensa suut aukeamaan, sillä kaikki tiesivät Vernan kannan lapsensaannista, "huhtikuussa on laskettu aika."

"Mutta miksi sä sen takia olet ollut poissa," Essi kysyi vieläkin sulatellen tietoa.

"Mulla oli niin jäätävä raskauspahoinvointi, etten pysynyt pystyssä lopulta, kun kaikki tuli ulos. Kolme kertaa olin tiputuksessa sairaalassa," Verna sanoi ja naurahti Essin ja Annukan ilmeille.

"Onko sen isä sitten tämä meidän Lauri," Essi kysyi lopulta.

Verna puri huultansa ja irvisti, "hyvä kysymys."

"Siis häh," Essi kysyi entistä ihmettelevämpänä.

"Voi se olla Lauri tai sitten joku muukin," Verna sanoi ja nyt kun hän puhui asiasta ääneen ja sai työkaverinsa purskahtamaan nauruun, kuulosti tilanne oikeastaan aika koomiselta Vernankin mielestä.

"Verna," Essi huusi leikillään ja lätkäisi Vernaa viholla selkään, "mutta siis Lauri on kysellyt sua muutamaan otteeseen. Ja siinä paha missä mainitaan."

Verna nosti katseensa ylös ja näki Laurin edessään koko komeudessaan ja Vernan teki mieli juosta karkuun tilanteesta. Lauri tuijotti hetken aikaa ja leimasi korttinsa lähtien tuhahtaen kävelemään pukuhuoneeseen.

Essi irvisti, "ette vissiin ole kovin lämpösissä väleissä."

"Ei ilmeisesti," Verna huokaisi, "pitkä juttu. Ja Lauri ei tiedä mitään et olen raskaana."

Taas Verna sai naurut työkavereiltaan ja lähti vetämään päivän ensimmäistä personaltrainertuntia. Onneksi Ilona omisti salin, sillä Ilona oli armollinen pomo tällä hetkellä Vernalle. Verna ei voinut olla katsomatta Laurin treenaamista salilla ja tunsi ikävän kalvavan koko vartalossaan. Lauri oli komea ja Verna toivoi hetken aikaa, että olisi tullut raskaaksi jo paljon aikaisemmin, jotta voisi vain sanoa Laurille odottavansa tämän lasta ja sitten he hoitaisivat yhdessä lapsen ja olisivat onnellisia joko yhdessä, tai erikseen.

Verna meni työhuoneeseensa tuntinsa jälkeen ja istuutui syömään proteiinipatukkaa, jotta huono olo pysyisi poissa. Hän havahtui koputukseen, joka tuli oven takaa ja ikkunasta näkyi Lauri. Verna nyökkäsi päätään merkiksi, että Lauri voisi tulla sisälle ja Lauri tuli sisälle istuutuen Vernan viereen tuolille.

"Mä olen," Lauri aloitti ja piti pienen tauon, "ollut tosi huolissani kun susta ei ole kuulunut mitään."

"Anteeksi," Verna sanoi hiljaa, eikä halunnut katsoa Lauria silmiin.

"Sitten kuulen tiskiltä että olet sairaslomalla," Lauri piti taas pienen tauon, "ja vaikka olen tosi vihainen sulle, niin mun oli pakko tulla kun näin sut. Olet tosi väsyneen ja laihtuneen näköinen."

Näkikö Vernan olotilan niin selvästi? Kyllä Verna tiedosti itsekin, että oli laihtunut vaatteista päätellen jonkin verran, mutta kun häntä katsoi sama peilikuva joka päivä, niin hän ei itse huomannut eroa.

"Niin että jos olet ikinä edes vähäsen välittänyt musta, niin voisit nyt avata tilannetta mulle," Lauri sanoi ja näytti siltä, että joutui tekemään töitä hillitäkseen hermojansa.

"Ehkä mä olen selityksen velkaa sulle," Verna kurtisti kulmiaan, "mutta en usko että mun työpaikka on oikea paikka sille keskustelulle."

"Pakko mun on tänne tulla juttelemaan sun kanssa kun et vastaa puhelimeen, tai viesteihin," Lauri sanoi tylysti.

"Mä olen ollut kipeänä ja olen tarvinnut sairaalahoitoa sen vuoksi," Verna sanoi ja painoi kätensä Laurin käden päälle, joka oli Vernan työpöydällä, "mutta nyt mä olen ihan kunnossa. En vaan ole pystynyt olemaan kenenkään kanssa tekemisissä, paitsi Illun kanssa."

143

"Sehän tässä ärsyttääkin kun Illukin vaan käski kysellä sulta itseltäsi sun vointia, eikä suostunut kertoon mitään," Lauri ärähti.

"Se ei puhunut mitään kun mä sanoin ettei se saa," Verna sanoi ja vilkaisi kelloa, "mun on pakko mennä jatkamaan töitä."

"Mä istun tässä koko vitun päivän, jos et nyt ala puhua," Lauri sanoi äreänä, "se mitä mä olen sua oppinut tuntemaan, niin tämä ei tunnu semmoiselta mitä sä tekisit."

Verna huokaisi. Nyt oli varmaan oikea hetki kertoa Laurille tilanteesta ja ottaa vastaan ensimmäisen miehen reaktio.

"Jos tulen sun luo kun pääsen töistä," Verna kysyi huokaisten.

"Tulet sitten kanssa tai etsin sut käsiini kissojen ja koirien kanssa," Lauri tuhahti.

"Kyllä mä tulen," Verna sanoi ja lähti seuraavan asiakkaansa luo.

Verna käveli sydän lujaa lyöden Laurin ovelle ja soitti ovikelloa huokaisten. Tämä oli yksi niistä hetkistä, jotka hän haluaisi jättää kokematta, mutta itse hän oli tämän tilanteen aiheuttanut. Lauri avasi oven ja pyysi Vernan sisälle. Verna jätti takkinsa eteiseen ja haistoi tuoreen kahvin hajun keittiöstä, eikä haju ollut missään muodossa miellyttävä.

"Keitin kahvit meille," Lauri sanoi kävellen edeltä keittiöön.

"Kiitti, mutta en mä juo," Verna sanoi ja meni Laurin perään.

Vernan nykyisessä olotilassa oli se hyvä puoli, ettei haju saanut sentään enää oksentamaan.

"Jaa sä et juo kahvia," Lauri naurahti, "mitä sulle on tapahtunut?"

Verna istuutui huokaisten pöydän ääreen, "mistähän mä nyt aloittaisin kun tämä on pitkä juttu."

"Mulla on aikaa, joten anna tulla nyt," Lauri sanoi istuutuen kahvikuppinsa kanssa pöydän ääreen.

"Mä kerroin sulle että olen ollut Vesan kanssa ihan kakarasta asti," Verna aloitti ja sai Laurilta nyökkäyksen, "noh.. Vesalla on kaksoisveli Atte, johon mä rakastuin kahdeksantoistavuotiaana palavasti."

Lauri tuijotti ilmeettömänä.

"Mä petin Vesaa Aten kanssa. Se ei ollut mikään pitkä suhde, mutta tulin raskaaksi sen aikana," Verna huokaisi, "Atte ei halunnut sitä lasta ja tein abortin. Vesa tuli silloin mun kanssa sairaalaan ja me päädyttiin takasin yksiin, mentiin naimisiin melkein heti ja ollaan oltu yhdessä siitä asti. Kunnes sitten löysin sut."

"Eli en ollut sun ensimmäinen hairahdus," Lauri tuhahti.

"Et," Verna sanoi ja sen myöntäminen tuntui pahalta.

Lauri nyökytti päätään mutristaen huuliaan ja ärtymys paistoi Laurin silmistä.

"Sitten mä olinkin sun kanssa ja ihastuin suhun ihan tolkuttomasti," Verna sanoi, "ja se tuntui täysin erilaiselta kun Vesan kanssa. Olit ihan huumetta mulle."

Kiukkuinen tuhahdus.

"Sitten mä lähdin sinne festareille," Verna sanoi hiljaa, "törmäsin Atteen kaikkien vuosien jälkeen siellä. Mä halusin raivota sille siitä, että se oli päästänyt mut tekemään sen abortin, jonka tekemisestä en ollut ikinä toipunut kunnolla. Sitten selvisi, että se olikin yrittänyt estää mua ja et Vesa oli tiennyt kaikki vuodet, että se oli Atte kenen kanssa olin sitä pettänyt, vaikka luulin ettei se tiennyt. Vesa oli uhkaillut Attea ja väittänyt, että olin käskenyt sanoa, etten halua olla sen kanssa ikinä enää missään tekemisissä."

Lauri tuijotti edelleen sanomatta sanaakaan.

"Sittten yksi asia johti toiseen," Verna laski katseensa pöytään kurtistaen otsaansa, "ja päädyin harrastamaan seksiä Aten kanssa."

Laurin kädet puristuivat nyrkkiin ja Verna sulki silmänsä hetkeksi aikaa.

"Seuraavana päivänä mä sain kuningasidean ja lähdin taksilla huutamaan kännipäissäni Vesalle asiasta ja sielläkin asiat sujui ihan eri tavalla kuin olin suunnitellut," Verna huokaisi ja irvisti, "ja sitten mä päädyin senkin kanssa sänkyyn."

Verna nousi ylös ja peitti kasvonsa käsillään ja kääntyi selin Lauriin ja jatkoi huokaisten, "tiesin että olin tehnyt ihan hirveen väärin ja lähdin mummulle Ouluun kesäloman loppuajaksi. Sitten palasin töihin ja aloin olla tosi väsynyt ja lopulta mä aloin oksentaa koko ajan. Menin sairaalaan ja siellä selvisi.."

Verna ei halunnut sanoa asiaa Laurille ääneen.

"Niin mitä selvisi," Lauri kysyi hiljaa vihaisella äänellä.

"Että mä," Verna otti kädet kasvoiltaan pois ja sulki silmänsä, "olen raskaana."

"Aha," Lauri sanoi järkyttyneenä, "ja tämä liittyy muhun koska..?"

"Sä saatat olla sen isä," Verna sanoi ja hänen teki mieli juosta karkuun, "mä en tiedä kuka teistä kolmesta on tämän lapsen isä."

Verna kääntyi katsomaan Lauria, jonka suu oli varmasti ihan yhtä auki kun Essin ja Annukankin suut olivat olleet tänään töissä.

"Mä olen ihan hirveän pahoillani, etten ole ollut missään yhteydessä, mutta mun on ollut pakko kasata mun elämäni kuntoon. Mä ymmärsin etten ole toipunut siitä abortista missään vaiheessa ja mun oli pakko saada kohdata Atte ja Vesa, että sain sen asian päätökseen lopullisesti," Verna huokaisi, "ja nyt mä sitten olen tässä tilanteessa ja tämä on kamalin asia tähän asti mitä mun on pitänyt kohdata, kun kerron sulle tästä."

Lauri tuijotti pöytää sanomatta sanaakaan.

"Ja nyt mä lähden kotiin," Verna sanoi ja lähti kävelemään keittiön ovelle, "sun ei ole pakko olla osa lapsen elämää, vaikka olisitkin isä."

Lauri katsoi Vernaa viha silmissään, eikä noussut saattamaan Vernaa ovelle. Verna pukeutui äkkiä ja juoksi ulos talosta, sillä hän ei halunnut kuulla mitä Laurin mielessä liikkui, eikä hän ollut uskonut suututtavansa, taikka satuttavansa Lauria ikinä näin. Lauri ei ansainnut tätä.

Verna päätti, ettei hän ollut valmis kohtaamaan Vesaa asian tiimoilta ja toisaalta eihän Vernan odotus oikeastaan Atellekaan kuulunut. Laurille kertominen oli saanut hänet päättämään, että hän kasvattaisi lapsensa kuitenkin yksin, eikä hän aikoisi selvittää lapsen isää. Verna tiesi, ettei Vesan kanssa olisi varmaan edes voinut puhua asiasta ilman huutamista, sillä Vesa tunnetusti ei ottanut asioita yhtä hiljaisissa merkeissä kuin Lauri, eikä Vesa ollut yhtään halunnut tietää Vernan kuulumisia sen jälkeen, kun Verna oli laittanut viestin Oulusta paluun jälkeen. Olisi helpompi elää ilman kumpaakaan veljeksistä muistuttamassa entisestä elämästä.

Laurista ei kuulunut mitään sen jälkeen kun Verna oli kertonut uutisensa. Ilonan ja Jannen häät lähenivät vauhdilla ja Verna oli mennyt suunnittelupalaveriin heidän luokseen. Tilanteesta teki tukalan se, että Lauri sattui olemaan Jannen bestman. Tunnelma suunnitelupalaverissa ei ollut varsinaisesti kovin imarteleva tai lämmin, mutta Ilona ei ollut niitä ihmisiä jotka antoivat suhdeasioiden häiritä sitä miten halusi asioiden menevän, joten Laurilla ja Vernalla ei juurikaan ollut valinnanvaraa siitä halusivatko olla saman katon alla vai eivät. Kaikki asiat kirjattiin paperille ja käytiin läpi tulevien häiden kulku hetki hetkeltä. Vernalla ja Ilonalle tämä oli entuudestaan jo niin tuttua, että suunnittelu oli helppoa.

Lauri ja Janne vetäytyivät omiin oloihinsa sen jälkeen kun suunnitteluvaihe oli ohi ja Verna siirtyi Ilonan kanssa keittiöön juttelemaan.

"Onko Lauri vieläkään sanonut sulle mitään tuosta vauvasta," Ilona kysyi ja kantoi leiväntekotarvikkeita pöytään.

"Ei sanaakaan," Verna huokaisi, "ja kuten huomaat, niin se ei edes katso mua päin tällä hetkellä."

"Mulkku," Ilona sanoi ja laski nyt teekupit pöytään.

"No ei se ole," Verna huokaisi, "mieti nyt itse miten reagoisit kun ensin exä hankkiutuu paksuksi sille ja sitten sen tyttöystävä käy hoitelemassa koko vitun veljeskaartin parissa päivässä ja ilmoittaa, että hei olen raskaana ja sä olet isä yks kolmasosan varmuudella."

Ilona nauroi hetken, "sä se osaat aina ilmaista noi asiat niin, ettei tarvitse enempää miettiä."

Verna virnisti Ilonalle, "enkä mä halua edes, että se suostuisi isyystestiin."

"Niin no sitä sä et voi päättää enää tässä vaiheessa," Ilona sanoi istuutuen pöydän ääreen.

"Kyllä mä sen tiedän, mutta saman asian takia mä en kerro Vesalle ja Atelle asiasta," Verna istuutui Ilonan seuraksi, "musta on helpompi olla kun en tiedä ja joudu sitten kohtaan mitään vittuilua loppuelämääni tästä."

"No et sä sitä kyllä ole ansainnut, kun et ole tarkoituksella tuota aiheuttanut," Ilona sanoi.

"Samaa mieltä," Verna hymyili Ilonalle, "tuntuu niin väärältä joutua kärsiin sellaisesta mitä ei ole tarkoittanut pahaksi asiaksi kenellekään."

"Sitä mä vaan mietin, että kai sä sitten olet älynnyt, että mun oli pakko kutsua Vesa ja Atte meidän häihin," Ilona kysyi huolestuneena.

Verna oli hiljaa hetken aikaa. Sitä Verna ei ollut ajatellut. Hänellä ei ollut käynyt mielessäkään, että Vesa ja Atte olivat Ilonan serkkuja, eikä Ilona voisi jättää kutsua väliin.

"Eli et ollut," Ilona totesi ennen kuin Verna oli ehtinyt saada aikaiseksi mitään kommenttia.

"Ei helvetti," Verna huokaisi ja luhistui tuolin selkää vasten, "mitä mä sanon niille, kun ne huomaa tämän mahan?"

"Sano vaikka et Joona pani sut paksuksi kun teki remppaa sun luona," Ilona sanoi nauraen ja vinkkasi silmää Vernalle.

"Sun veljes varmaan riemastuisi siitä," Verna naurahti, "vaikka voisin mä siitä isän tehdä, kun se on niin tunnollinen auttaja kaikessa ja hyvää seuraa kun tarvitsee saada elokuvan katseluseuraa."

"Se on niin ylikiltti ja hölmö, että varmaan suostuisikin siihen," Ilona sanoi.

151

"En mä ala valehdella kenellekään," Verna sanoi, "kaikki kolme isää niittaisi kuitenkin Joonan seinille roikkuun siellä mustasukkaisuuskänneissään."

Ilona nauroi vuolaasti Vernan tarinoinnille, "olisi siinä äidille ja isälle selitettävää, jos Joona alkaisi tuon isäksi."

Verna nauroi myös, mutta tuntui samalla inhottavalta pilkata Joonaa, josta oli tullut hyvä ystävä remontin teon myötä Vernalle. Joona oli aina paikalla kun Verna tätä tarvitsi ja kun Vernan pahoinvointi oli ollut pahimmillaan, oli Joona yrittänyt kaikkensa, että Vernalla olisi parempi olo. Eikä Joona kysellyt liikaa asioita, esimerkiksi lapsen isyydestä. Verna oli sanonut kyllä, että lapsella on useampi isäehdokas ja se tieto oli riittänyt Joonalle. Verna tunsi lämpimän tunteen rinnassaan ajatellessaan Joonaa, sillä hän oli kyllä onnekas kun oli saanut Joonan ystäväkseen.

Verna ja Ilona saivat teensä juotua ja Verna totesi, että Ilona voisi viedä hänet kotiin. He olivat jo pukeutumassa eteisessä kun Lauri tuli eteiseen, "ei sun Illu tarvitse viedä Vernaa. Se voi tulla mun kyydissä."

Ilona nyökkäsi ja katsoi Vernaa pikaisesti pieni hymy huulillaan. Vernan teki mieli juosta ulos ja huutaa, että voisi hyvin kävellä, mutta kahdenkymmenen kilometrin tarpominen hangessa ei innostanut, joten Verna tyytyi kävelemään Laurin perässä Laurin autolle. He lähtivät ajamaan Tamperetta kohti, eikä kumpikaan sanonut aluksi mitään.

"Miten sä ja vauva voitte," Lauri rikkoi hiljaisuuden lopulta.

"Mä ja tyttö voidaan hyvin," Verna sanoi.

"Ai se on tyttö," Lauri sanoi hymyillen, "Anne ja mä saatiin toinen poika vähän aikaa sitten."

"Onneksi olkoon," Verna sanoi iloisesti, "menikö kaikki hyvin synnytyksessä?"

"Joo meni," Lauri sanoi, "komea poikahan sieltä tuli, kun sillä on näin hyvännäköinen isä."

Verna naurahti.

"Mä en ole halunnut miettiä yhtään sun odotusta," Lauri vei lopulta keskustelun Vernan odotukseen, "mutta nyt kun näin ihan oikeasti tuon sun mahasi, niin en mä enää voi asiaa kieltää."

"Lauri mä sanoin sulle ettei sun tarvitse olla tekemissä tämän vauvan kanssa," Verna yritti muistuttaa Lauria valitsemaan vapauden.

"Luuletko sä, että mä en halua olla tekemisissä sen kanssa jos se on mun," Lauri ärähti.

"Mutta kun se ei välttämättä ole sun," Verna sanoi kurtistaen kulmiaan.

153

"Mutta jos on, niin mä haluan kuulua sen elämään," Lauri sanoi taas normaaliin äänensävyyn.

"Totta kai sä saat olla mukana," Verna sanoi, "otetaan isyystesti heti kun se on syntynyt."

"Mitä Vesa ja Atte ovat sanoneet tästä tilanteesta," Lauri kysyi.

"Mä en ole kertonut niille," Verna sanoi hiljaa, "mä en ole halunnut nähdä kumpaakaan."

"Onhan niillä nyt hitto vie oikeus tietää," Lauri korotti taas hieman ääntään.

"Mitä ne sillä tiedolla tekee, kun säkin otit sen niin järkyttyneesti vastaan," Verna kivahti.

"Kyllä mä ainakin haluaisin tietää, jos mä olen tulossa isäksi, koska sitten saa mahdollisuuden olla heti lapsen elämässä mukana," Lauri sanoi tuimana, "kyllä sun pitää kertoo että me saadaan hoidettua se isyystesti heti pois alta. Jos toi on mun, niin niillä kummallakaan ex-miehelläsi ei ole mitään asiaa mun lapsen lähelle."

"Sä et varmaankaan kyllä päätä siitä kuka saa tulla tämän lapsen lähelle ja kuka ei," Verna huokaisi ärtyneenä, "mua vaan ärsyttää se, että mä joudun sitten saamaan kaiken paskan niskaani tästä vahingosta vaan sen takia, että saadaan isälle nimi, kun lapsi vois olla ihan onnellinen ilman isääkin."

"On se lapsenkin etu, että se tietää kuka sen biologinen isä on," Lauri sanoi korottaen taas ääntään, "jos sä et kerro niille, niin sitten mä kerron."

"Et helvetissä kyllä kerro," Verna huudahti, "mitä sä niistä nyt huolehdit, kun sulla itsellä on kuitenkin mahdollisuus saada tietää oletko isä vai et?"

"En mä niistä huolehdikaan, vaan tuosta vauvasta," Lauri tuhahti, "mä ajan nyt lapsen etua, en sun, tai niiden."

Verna ei sanonut enää mitään. Miksi hän oli ollut niin tyhmä, että oli mennyt kertomaan Laurille vauvasta? Lauri oli ajanut hänet nyt siihen tilanteeseen, että hänen olisi pakko kertoa Vesalle ja Atelle mahdollisesta isyydestä. Ilonan ja Jannen häät olisivat viikon päästä ja Vernan olisi pakko kertoa vauvasta ennen häitä, ettei siellä tulisi mitään välikohtausta.

"No miten sä nyt haluat hoitaa tämän asian," Lauri rikkoi hiljaisuuden.

"Joo mä kerron niille kyllä," Verna kivahti hampaidensa välistä ja hengitti raskaasti ärtymystänsä pois.

"Ja sitten kerrot mulle kun ne tietävät," Lauri sanoi ja Vernasta tuntui kuin Lauri olisi jättänyt hänet suljetun oven

155

taakse puristuksiin ja hänen täytyisi ryömiä anellen oven alta pois.

8. Kaikki kortit pöytään

Verna oli muutaman päivän miettinyt miten saisi parhaiten kerrottua Vesalle ja Atelle vauvasta. Laurin kiristäminen asian tiimoilta ei helpottanut yhtään ahdistavaa oloa, eikä tilanne vieläkään tuntunut reilulta Vernasta. Verna oli alkanut kaatua Atelle kertomiseen ensin, sillä Vesan kanssa tilanne ei olisi ehkä niin yksinkertainen. Verna oli varannut junaliput Turkuun ja istui junassa miettien miten aloittaisi Atelle kertomisen odotuksestaan. Atte oli jo kerran aiemmin ollut saman tilanteen edessä, eikä reaktio silloin ollut kovin hyvä, joten tuskin Atte nytkään riemastuisi.

Juna saapui Turkuun ja Verna nousi asemalle huokaisten. Talvinen viima puhalsi kevyttä lunta ilmassa, eikä kukaan ihmisistä näyttänyt sen iloisemmalta kuin Verna itsekään. Verna käveli ulos asemalta ja hyppäsi ensimmäiseen taksiin ajaen Aten asunnon luo. Atte asui kerrostalossa ihan kivan oloisella alueella. Verna maksoi taksin ja lähti kävelemään Aten asuntoa kohden, eikä hänen jalkansa meinanneet liikkua eteenpäin kunnolla. Olisi ehkä ollut viisaampaa soittaa Atelle, mutta tällaisia asioita ei kai oikein voinut puhelimessa kertoa ja Verna oli muutenkin saanut hyvän syyn nähdä Attea samalla, sillä hänellä ei ollut mitään aavistusta siitä, miten Atte hänen yhteydenottoonsa reagoisi kesän tapahtumien jälkeen. Verna meni hissillä viidenteen kerrokseen ja näki kaksi nimeä Aten ulko-ovessa.

"Tämäkin vielä," Verna huokaisi itsekseen, sillä hänellä ei ollut mitään käsitystä siitä kuinka kauan Atte oli asunut kyseisen tytön kanssa.

Verna painoi tärisevin käsin ovikelloa ja jäi ovelle seisomaan. Oven takaa kuului ääniä ja lopulta oven avasi noin Vernan ikäinen vaaleahiuksinen nainen.

"Moi," Verna kurtisti otsaansa, "onko Atte kotona?"

"On se, mutta se nukkuu," nainen sanoi hämmentyneenä, "tule myöhemmin uudelleen."

"Ei kun mun pitää nähdä Atte nyt," Verna sanoi ja otti ovesta kiinni, "tämä on tärkeää."

"En mä sitä nyt ala herättämään vielä yövuoron jäljiltä tuolta sängystä ylös," nainen sanoi hieman ärtyneenä, "jos sanot kuka sä olet niin sanon Atelle että soittaa sulle."

"Olen Aten veljen vaimo Verna," Verna sanoi ja huokaisi valmiina kiistelemän sisäänpääsystä, sillä hän ei aikonut lähteä pois, "mä olen tullut Tampereelta asti junalla tänne että näkisin Aten."

"Ei se ole puhunut mitään veljestä," nainen sanoi ja huokaisten näytti Vernalle, että tämä voisi tulla sisälle.

"On sillä kaksoisveli Vesa," Verna sanoi ojentaen kätensä, "mä olen siis Verna."

"Kata," nainen ojensi kätensä takaisin, "haluatko jotain juotavaa?"

"Voin mä ottaa teetä, mutta ihan riittää että herätät Aten vaan, että saan jutella sen kanssa," Verna sanoi istuutuen riisumisen jälkeen keittiön pöydän ääreen.

"Vai kaksoisveli," Kata kysyi hymähtäen ja laski teekupit pöytään, "kaikkea sitä selviääkin."

"Ne ei ole väleissä keskenään," Verna sanoi kaivaen samalla lompakostaan hänen ja Vesan hääkuvan ja ojensi sen Katalle.

"No joo, on niissä samaa näköä," Kata sanoi naurahtaen ja ojensi kuvan takaisin, "me ollaankin tulossa viikonloppuna häihin sinne Tampereelle."

"Joo Ilonan ja Jannen häihin," Verna sanoi, "olen Ilonan kaaso."

"Okei, no mutta kiva että on edes joku kenet olen tavannut siellä, kun en tunne ketään," Kata huokaisi seisten teepannun vieressä.

"Kauan sä olet ollut Aten kanssa," Verna kysyi.

"Elokuussa tavattiin ja muutettiin aika nopsaan yhteen," Kata sanoi ja sai viimeinkin kuuman veden kaadettua kuppeihin.

"No mitä sitä yhteen muuton kanssa viivyttelemään kun näkee sitten heti että onko toinen semmoinen hyvä tyyppi vai ei," Verna sanoi tarkoittaen sitä, "ei ihmissuhteet ole ikinä mitään helppoja kun voi olla toisen kanssa vaikka viistoista vuotta ja silti ero voi tulla ihan tosta noin vaan."

"Noinhan se menee," Kata hymyili, "en ole ikinä tavannut ketään noin hyvää tyyppiä kuin Atte."

"Uskon sen," Verna sanoi, eikä tuntenut oloaan mustasukkaiseksi.

"Parasta viikonlopussa on tietty se, että tapaan Aten äidin," Kata sanoi.

"Riitan," Verna hymyili ajatuksesta, "saat kyllä ihan loistavan anopin."

"Joo Atte on sitä kehunut," Kata sanoi ja nousi ylös, "jos mä nyt sitten herätän Aten?"

Verna nyökkäsi ja toivoi, että lattia pettäisi hänen altaan. Kata joutuisi nyt saman tilanteen eteen kuin hän oli joutunut Laurin kanssa, sillä jos lapsi olisi Aten, olisi Katalla mahdollinen äitipuolen rooli tiedossa. Tuntui muutenkin väärältä jutella Katan kanssa ystävinä pöydän ääressä, vaikka

Vernan uutinen saattoi vaikuttaa isosti Katan ja Aten tulevaisuuteen. Verna tuijotti ikkunasta ulos purren kynttänsä samalla, kun unisen kuuloinen ääni tervehti häntä.

Atte seisoi olohousuissa ja teepaidassa keittiön ovella unisen näköisenä, mutta yhtä komeana kuin Verna oli kuvitellutkin.

"Moi," Verna sanoi nousten halaamaan Attea, eikä Aten ystävällisen rutistuksen jälkeen tarvinnut miettiä, oliko hän tervetullut vai ei.

"Mikä sut tänne toi," Atte kysyi tuijottaen Vernan vatsaa hetken aikaa.

"Pitää puhua yhdestä asiasta," Verna sanoi ja Aten ilme kyllä kertoi heti, että tämä tiesi mistä.

"Jos mä saan juoda kahvia kupillisen ja herätä hetken, niin puhutaanko sitten," Atte kysyi ystävällisesti ja ehkä hieman hämmentyneenä.

"Juo vaan, mulla on tämä tee kesken," Verna sanoi ja istuutui pöydän ääreen takaisin.

"Et ole sanonut mitään että sulla on kaksoisveli," Kata sanoi koskettaen Aten hiuksia samalla.

"Meillä on niin vaikeat välit sen kanssa, ettei sitä nyt voi kai oikein veljeksi sanoa," Atte huokaisi ja istuutui kahvikuppinsa kanssa pöydän ääreen, "näet sen varmaan siellä häissä sitten."

"Odotan innolla," Kata naurahti, "mä voin hei mennä vaikka lenkille, jos haluatte puhua rauhassa, kun olette sen oloisia, ettei asia taida mulle kuulua."

"Joo olisin tosi kiitollinen," Atte sanoi ja otti hellästi Katan kädestä kiinni, "kerron sitten myöhemmin mistä on kyse."

"Okei," Kata hymyili antaen suukon samalla Atelle ja lähti pukeutumaan.

Katan ja Aten käyttäytyminen tosiaan kohtaan kertoi täysin sen, että molemmat pitivät toisistaan paljon. Vernasta tuntui hirveältä. Miksei Atte voinut olla sinkku, jolle vaan ilmoitettiin asia, kun nyt Verna joutuisi varmaan Katankin vihan kohteeksi?

Keittiössä vallitsi täysi hiljaisuus Katan lähtöön asti.

"Onko se mun," Atte kysyi ulko-oven sulkeuduttua hieroen silmiään.

"Voi olla," Verna huokaisi, "mun oli pakko tulla kertomaan, kun mulle ei annettu vaihtoehtoja."

"Miten niin," Atte kysyi.

"Yksi isäehdokas olisi muuten tullut kertomaan sen sulle," Verna sanoi nolona.

"Voihan hemmetti," Atte sanoi huokaisten, "tulipa ainakin herättyä tähän päivään."

"No joo, ei mulla muuta oikeastaan ollutkaan," Verna sanoi huokaisten, "soita jos on kysyttävää, niin jätän sut rauhaan."

Verna nousi ylös, mutta Atte tuli hänen luokseen ja tarrautui hänen käsivarteensa kiinni vetäen halaukseen. Verna halasi takaisin nuuhkien samalla Aten mietoa unista tuoksua ja painoi päänsä Aten rintaa vasten.

"Kerro nyt sitten koko homma, ettei tällä kertaa jää mitään asioita ilmaan, mitä joutuisi selvittään vielä kymmenen vuoden päästä," Atte sanoi ja istutti Vernan takaisin tuoliin.

"Ihanaa kun joku ei raivoa mulle," Verna huokaisi ja nieleskeli itkua hetken aikaa, "tämä odotus oli niin jäätävä järkytys mulle, etten kestä enää yhtään kamalaa reaktiota tämän takia."

"En mä ole edes järkyttynyt," Atte naurahti, "eniten mua vaan mietityttää Katan reaktio."

"Tiedän," Verna irvisti, "mä olen niin pahoillani Atte. Taas."

"Kaksihan tuohon lapsen tekoon tarvitaan, joten ei se nyt sun syys ole," Atte huokaisi, "kuka se toinen isäehdokas on?"

"Tai ne kaksi," Verna irvisti taas ja katsoi Attea nolona, mutta kun Atte ei hätkähtänyt asiasta, niin Verna jatkoi, "toinen niistä on se Lauri, kenen kanssa petin Vesaa."

Atte nyökkäsi.

"Ja sitten se kolmas on Vesa," Verna sulki silmänsä, jotta ei näkisi Aten ilmettä, mutta kuuli kyllä Aten huokauksen.

"Vesa," Atte totesi hiljaa ja pudisteli päätään.

"Sun olisi pitänyt lukita mut siellä festareilla jonnekin koppiin, koska kun sä lähdit niin mä sitten kännipäissäni lähdin avautumaan Vesalle tapahtumista ja siinä sitten tuli muisteltua avioliittoa vähäsen," Verna puri huultaan, "sitten menikin useita viikkoja kunnes olin sairaalassa tiputuksessa oksentamisen vuoksi ja siellä ne sitten kertoi tämän odotusuutisen."

"Ai sä olit niin huonovointinen," Atte kysyi.

"Joo olin useamman kerran tiputuksessa ja ihan hiton yksin tämän odotuksen kanssa," Verna huokaisi, "Laurille kerroin jo viikkoja sitten, mutta se alkoi nyt kiristää, että mun pitää kertoo sulle ja Vesalle tai se kertoo."

"Miten Vesa reagoi," Atte kysyi.

"Se ei vielä tiedä," Verna sanoi, "olen yrittänyt pysyä kaukana teistä kaikista isäehdokkaista."

"Se varmaan tulee aseen kanssa tänne kun saa kuulla, että olen taas pannut sua," Atte hymähti.

"Eikä tule," Verna huokaisi, "mulle se huutaa, enkä mä todellakaan haluaisi kohdata sitä."

"Onnea vaan matkaan," Atte sanoi naurahtaen nostaen kulmiaan, "en haluaisi olla sun housuissasi."

"Kiitti," Verna naurahti, sillä eihän tilanteelle oikein voinut muuta kuin nauraa, "jos olisi musta kiinni, niin en kertoisi sille ollenkaan."

"Kai senkin on oikeus tietää," Atte huokaisi, "no mitenkä tämä homma nyt etenee?"

"No sitten kun tämä tyttö syntyy, niin otetaan isyystestit heti ja ne pitäisi saada parissa viikossa," Verna tuijotti ulos ikkunasta hetken, "ja jos olet isä niin se on sitten sun päätös, että haluatko olla mukana lapsen elämässä vai et."

"Kyllä mä olen sitten jos se on mun," Atte sanoi hymyillen, "en mä nyt ihan tämmöisiä uutisia odottanut, mutta kai ne sitten loppupeleissä on ihan positiivisia kuitenkin."

Verna hymyili Atelle kiitollisena Aten reaktiosta. Hän toivoi, että Vesakin reagoisi yhtä hyvin, mutta kun hän tunsi aviomiehensä ja tämän mielipiteen siitä, että Verna olisi taas maannut Vesan veljen kanssa, niin lapsi jäisi luultavasti ihan toiseksi aiheeksi keskustelussa.

"Meinaatko kertoa Vesalle ennen häitä," Atte kysyi lopulta pienen hiljaisuuden jälkeen.

"Ensin ajattelin että joo, mutta luulen että on parempi jos kerron vasta häiden jälkeen," Verna huokaisi hiljaa, "en usko että Vesa uskaltaa siellä häissä kysellä mitään tästä mahasta ja mä haluan pitää mukavat juhlat ilman mitään vauvakeskusteluja kun teidän äitikin tulee sinne."

"Niin joo hitto tämä pitää mutsillekin kertoo," Atte sanoi kaataen lisää kahvia kuppiinsa, "mitähän se mahtaa sanoa?"

"Pitäisikö nyt vaan sitten tuoda koko totuus julki," Verna kysyi.

"Joo, mutta vasta sitten kun vauva on syntynyt," Atte sanoi, "kyllä tämä salailu nyt saa loppua ihan kaikilta osin ja äidin on aika kuulla mikä mun ja Vesan välit katkaisi."

"Sitä suuremmalla syyllä kerron vasta häiden jälkeen Vesalle, niin äitisi ei joudu sen paskan keskelle sitten juhlissa," Verna sanoi.

"Oletko ollut mutsin kanssa missään tekemisissä eron jälkeen," Atte kysyi.

"En," Verna sanoi harmissaan, sillä hän ikävöi Riittaa toisinaan paljonkin, "se ei ole edes soittanut ja kysynyt eron syitä, enkä tiedä yhtään mitä Vesa on sille sanonut."

"Olisit soittanut sille," Atte sanoi.

"En mä uskaltanut," Verna sanoi mutristaen suutaan, "mun teot ei ole ihan semmoisia, jotka voisi vaan unohtaa, kun on sen omasta pojasta kyse."

Atte nyökkäsi ymmärtäen mitä Verna tarkoitti. He istuivat jutellen hetken aikaa vielä, kunnes Verna totesi, että hänen olisi pakko lähteä kotiin, ettei paluu menisi liian myöhälle iltaan ja Atte saisi rauhassa kertoa tilanteesta Katalle. Verna lähti kotiinsa tyytyväisenä Aten ystävällisyyden vuoksi ja jätti yhden isäehdokkaan sulattelemaan tilannettaan.

Ilonan ja Jannen hääpäivän aamuna Verna ja Ilona suuntasivat tiensä kampaajalle meikkiin ja kampaukseen, sitten he suuntasivat Joonan kyydillä Vernan asunnolle pukemaan Ilonaa hääpukuun. Vihkiminen tapahtuisi Tampereen keskustan kirkossa ja siitä he siirtyivät hääpaikalle, jonne oli hieman ajomatkaa.

"Jännittäkö sua," Verna kysyi Ilonalta ja veti hääpuvun nyörejä kiinni.

"Ei mua jännitä," Ilona sanoi hymyillen, "toivon vaan että olisin löytänyt Jannen jo vuosia sitten."

"Te olette kyllä ihana pari," Verna sanoi.

"Joona tuotko ne mun kengät sieltä eteisestä," Ilona huusi veljelleen ja Joona toi kengät Ilonan luokse.

"Tämmöiset häät olisi vaan paljon mukavampia jos olisi itse parisuhteessa," Verna sanoi huokaisten.

"Sä voit leikkiä että olet parisuhteessa mun kanssa," Joona nikkasi silmää Vernalle ja sai Vernan nauramaan.

"Joo ollaan parisuhteessa niin saadaan sun vanhemmat järkyttyyn siitä että olet tämmöiseen puumanaiseen törmännyt," Verna kävi halaamassa Joonaa, "ihana tarjous, mutta taidan jättää väliin."

"Vai puuma," Joona hymähti leikillään.

"Sitä paitsi siellä juhlissa on niin monta isäehdokasta tälle lapselle, että ne vois tulla mustasukkaiseksi, jos esittelisin sut mun poikaystävänä," Verna sanoi leikillään, "parempi kun ei anneta kenellekään syytä tapella häissä."

"Kyllä nyt yks kunnon tappelu pitää olla juhlissa aina," Ilona sanoi peilaten itseään peilistä samalla, "ja mulla on kyllä semmoinen fiilis, ettet sä nyt ihan noin helpolla pääse tuon tilanteen kanssa mitä luulet."

"Ei teidän häissä kukaan uskalla alkaa riehumaan," Verna sanoi ja puki omat kenkänsä jalkaansa.

"Äläs sano," Ilona huokaisi, "kun on kyse mun serkkupojista, niin mikä tahansa on mahdollista."

Verna huokaisi, sillä Ilonan asenne ei miellyttänyt häntä. Oli ihanaa päästä Ilonan häihin, mutta nyt hänen piti kohdata siellä Vesa ja Vesan äiti, sekä Aten tyttöystävä Kata. Verna toivoi koko juhlien olevan jo ohi, jotta hän pääsisi jatkamaan odotustaan rauhassa, saisi synnyttää tytön ja selvittää kuka on lapsen isä ja unohtaa sen jälkeen kaikki muut miehet.

Verna piiloutui Ilonan kanssa kirkon kellariin odottamaan juhlavieraiden paikoilleen asettumista. Pitkältä tuntuvan ajan jälkeen he saivat merkin, että häät voisivat alkaa. Janne seisoi Laurin kanssa alttarilla ja Verna lähti kävelemään käytävää yksin Ilonan edellä alttarille. Verna keskitti katseensa alttarin tauluun, sillä hän ei halunnut kohdata kenenkään tutun katseita paljastaessaan odotuksensa. Ilona asteli alttarille isänsä saattamana ja kaunis vihkitilaisuus sujui nopeasti. Verna käveli Lauri vierellään ulos kirkosta ja he jakoivat saippuakuplia vieraille, jotta nämä voisivat puhaltaa niitä Ilonan ja Jannen päälle heidän tullessaan ulos kirkosta. Ilona ja Janne viipyivät ikuisuuden ja Verna pysytteli työkavereidensa seurassa, jotta ei vahingossakaan joutuisi tekemisiin Vesan ja tämän äidin kanssa. Lopulta hääpari saapui ulos ja päästiin lähtemään hääpaikalle.

Häät sujuivat leppoisasti ja Vernakin osasi rentoutua, kunhan vaan pysytteli mahdollisimman paljon isossa porukassa. Häävalssi oli kaunis ja Verna vilkuili salaa kolmea miestä, joista yhden elämä oli muuttumassa muutamien kuukausien päästä hiemaan toiseen suuntaan. Virallisten valssiosuuksien jälkeen alkoi soida kolmas valssi, johon vieraatkin saivat osallistua ja Joona kaappasi Vernan tanssilattialle.

"Sä olet kyllä tosi kaunis," Joona sanoi ja vei kevyesti Vernaa lattialla.

"Kiitos," Verna hymyili Joonalle, "ihanaa kun joku viitsii tanssittaa mua."

"Mä varaan koko illan tanssit," Joona naurahti, "tanssitan koko illan niin sun ei tarvitse sitten isäehdokkaita pakoilla."

"Sopii," Verna sanoi ja antautui Joonan vietäväksi. Jokin Joonassa veti häntä puoleensa ja Joona tuntui aina niin lämpimältä ja turvalliselta, mutta Verna tiesi, ettei Joona olisi ikinä mies häntä varten. Joona oli aivan liian kiltti hänelle ja Verna vain satuttaisi tätäkin loppupeleissä kuitenkin, eikä Joona ansainnut sitä. Verna tyytyi ystävänsä käsivarsille vietäväksi. Joona halasi häntä valssin loputtua ja Verna painautui Joonaa vasten hetkeksi aikaa.

"Mä voisin ottaa tämän valssin," Lauri tarrautui Vernan käteen ja Joona teki tilaa Laurille ennen kuin Verna ehti vastustella.

Lauri tarrautui Vernan vyötäröön voimakkaalla kädellään, tarttui toisella Vernan käteen ja veti tämän itseään vasten lähtien tanssittamaan valssin tahtiin.

170

"Mitenkä sulla on sujunut isäehdokkaiden infoaminen," Lauri kysyi tuijottaen Vernaa suoraan silmiin.

"Siinähän se," Verna huokaisi, "Atelle mä kerroin jo."

"Vesa ei vielä tiedä," Lauri kysyi.

Verna pudisti päätään.

"Miten Atte otti asian," Lauri kysyi.

"Ihan hyvin," Verna sanoi, "ei se nyt riemusta hyppinyt, mutta paremmin kuin sä."

"Ai se puhui sun kanssa," Lauri virnisti leikillään.

"Joo, se ei mennyt hiljaiseksi järkytyksestä," Verna vastasi.

"Sä olet kaunis," Lauri sanoi, "sä oikein hehkut."

"Se johtuu tästä poskipunasta," Verna naurahti.

"Ei kun sä olet hiton kaunis aina," Lauri sanoi, "mitä mä tein että menetin sut?"

"Et sä tehnyt mitään Lauri," Verna vakavoitui, "sä olet ihana."

"Miksi sä sitten jätit mut," Lauri kysyi harmissaan.

"Koska mä olin ihan rikkinäinen, jonka piti korjata itsensä kuntoon," Verna huokaisi, "sä et oikeasti tiedä miten vihainen ja katkera mä olin mun menneisyyden takia. Tämä vauvan odotus on saanut mut vasta ymmärtämään, että mun on ollut pakko käsitellä kaikki asiat ja ihan yksin."

"Mutta mä olen tässä nyt," Lauri sanoi ja veti Vernaa vieläkin lähemmäs itseään.

"Lauri mä en vaan pysty nyt," Verna sanoi ja tuntui kuin henki ei kulkisi kunnolla, "mä tykkään susta, mutta mä en ole valmis mihinkään suhteeseen."

"Ei meillä olisi kiire," Lauri sanoi ja läheni Vernan kasvoja, "me voidaan edetä ihan hiljaa ja aloittaa puhtaalta pöydältä kaikki."

Verna katsoi hetken Lauria silmiin ja tiesi kyllä kaipaavansa tätä, mutta hän oli päättänyt olla yksin lapsensa kanssa ja tiesi sen olevan paras ratkaisu siihen asti, kunnes huomaisi olevansa päässyt yli menneisyydestään. Hän oli edelleen naimisissa Vesan kanssa, kun eroasia ei ollut edennyt loppuun ja Vesa ei vielä tiennyt mahdollisesta lapsestaan, eikä Verna kestänyt mitään ylimääräräistä stressitekijää ennen kuin tiesi kuka olisi lapsen isä, jotta saisi käsiteltyä sen osuuden loppuun.

"Lauri mä en voi aloittaa suhdetta ennen kuin tämä vauva syntyy," Verna kuiskasi hiljaa.

"Jos se on mun, niin sit sillä olisi valmis perhe olemassa," Lauri sanoi ja Verna tunsi kuinka Laurin kuumat huulet melkein tarrautuivat hänen huuliinsa.

"Ei," Verna huusi ja sai tönättyä Laurin kauas itsestään juuri ennen kuin Laurin huulet lopullisesti kohtasivat hänen huulensa. Verna oli tönäissyt Lauria niin voimakkaasti, että Lauri oli hoippuen joutunut perääntymään useamman metrin. Verna hengitti syvään ja ymmärsi katsoa ympärilleen sen verran, että jotkut ihmiset tuijottivat häntä, sillä hän oli ollut ilmeisen kovaääninen sanoessaan ei. Verna pyyhkäisi muutaman hiuskiehkuran poskeltaan korvansa taakse ja lähti nolona Vessaan. Hän lukitsi itsensä vessakoppiin ja istuutui pöntön päälle. Ehkä hänen pitäisi lähteä, jotta nämä häät eivät menisi täysin pilalle? Verna siisti itsensä ja päätti lähteä muiden vieraiden keskelle. Ilta sujui kuitenkin melko hyvin. Bändi soitti viimeistä settiä ja Verna istui työkavereidensa kanssa nauraen hölmöille jutuille pöydän ääressä. Lauri oli antanut hänen olla rauhassa, mutta Verna tunsi Laurin katseen niskassaan aika ajoin, samaten Vesa ja Riitta tuntuivat tuijottavan Vernaa, eikä kumpikaan tullut sanomaan sanaakaan Vernalle. Kumpikin oli tervehtinyt Vernaa nyökkäämällä kyllä, mutta muuten Verna oli jätetty hyvin rauhaan.

Verna tunsi tökkäyksen selässään ja käänsi päätään. Atte oli ojentanut kätensä merkiksi, että hän veisi Vernan tanssimaan ja Verna nousi ylös tuolistaan tarttuen Aten käteen. Bändi soitti viimeisiä valsseja, joten nyt oli viimeinen tilaisuus tanssia. Atte tarttui varmoin ottein Vernaan kiinni ja lähti viemään.

"Miten menee," Atte kysyi.

"Eipä ihmeemmin," Verna huokaisi.

"Se mies ketä tönäsit, oli vissiin se Lauri," Atte kysyi.

"Jep," Verna huokaisi, "vähän noloa jos kaikki huomasivat sen."

"No luultavasti huomasivat," Atte naurahti, "oli se sen verran tiukasti ilmastu ei –huuto."

"Kiva," Verna huokaisi, "miten Kata otti asian."

"Ei se nyt riemuissaan ollut, mutta meinasi että voi elää asian kanssa," Atte sanoi, "meinasi se kyllä ettei halua sun kanssa olla tekemisissä lähiaikoina, kun kokee sut nyt jonkinlaisena uhkana."

"Ja ihan turhaan," Verna huokaisi.

"Niinpä. Kaikilla on menneisyytensä, mutta kyllä mä nyt olen niin ihastunut Kataan, ettei sen tarvitse olla huolissaan," Atte sanoi onnellisen kuuloisena.

"Ihanaa et olet löytänyt jonkun viimeinkin," Verna sanoi tarkoittaen sitä, vaikka tuntuikin hullulta puhua Aten onnesta toisen naisen kanssa, "ja ihanaa että me ollaan selvitetty välit sun kanssa viimeinkin kuntoon. Mä en olisi ikinä ollut valmis äidiksi ilman että meidän välit selvisi."

"On se meidän tilanne muakin vaivannut kaikki nämä vuodet," Atte sanoi.

"Pitäisikö sun hakea Kata viimeiselle valssille, ettei se suutu sulle kun tanssitat mua," Verna kysyi katsoen Aten ruskeita silmiä.

"Joo kyllä mä sen haen, mut pakko sen on tottua siihen, että ollaan sun kanssa tekemisissä," Atte huokaisi.

Valssi loppui lopulta ja Atte haki tyttöystävänsä tanssimaan. Verna seisoi salin reunalla hetken aikaa ja näki kuinka Vesa käveli häntä kohti. Vesaa hän ei halunnut kohdata tänä iltana, eikä Verna tiennyt minne hän olisi paennut tilannetta. Verna jähmettyi täysin, etenkin kun ymmärsi viimeisen valssin olevan hänen ja Vesan häävalssi. Vesa käveli hänen luokseen sanomatta sanaakaan ja tarttui kiinni lähtien tanssittamaan tuttuun tyyliin. Verna ei uskaltanut katsoa Vesaa silmiin, mutta katsoi Ilonaa päin ja virnisti tälle, saaden Ilonalta irvistyksen takaisin. Vesa tanssitti koko valssin sanomatta sanaakaan, eikä Vernakaan aikonut rikkoa hiljaisuutta. Valssin jälkeen alkoi soida hidas kappale heti perään ja valot himmenivät DJ:n käsittelyssä. Verna painautui Vesaa vasten, sillä tiesi, ettei Vesa aikonut päästää häntä vielä pois luotaan. Verna sulki silmänsä, sillä tähän olkapäähän hän oli painautunut vuosien varrella niin monta kertaa, että antoi mielellään tämän hitaan tanssin Vesalle. Tanssi loppui ja Verna irrottautui Vesasta.

"Voidaanko jutella hetki," Vesa kysyi ilmeettömänä.

"Ei täällä. Jutellaan vaikka huomenna," Verna sanoi ja poistui tanssisalista jättäen Vesan yksin tanssilattialle. Verna mietti hetken minne piiloutuisi ja törmäsi ajatuksissaan Joonaan.

"Vie mut piiloon jonnekin," Verna kuiskasi hädissään, "mä haluan hetkeksi jonnekin pois."

Joona tarttui Vernan käteen ja lähti johdattamaan tätä keittiöön ja sieltä keittiön pukuhuoneeseen, joka oli lähinnä iso vessa. Verna nojautui vessan seinään ja Joona seisoi hänen edessään suloisena tuijottaen sinisillä silmillään Vernaa ja Vernan teki mieli tarrautua Joonaan kiinni. Mikä häntä oikein vaivasi? Hänellä oli tanssisalissa kaksi hyvää miestä, jotka olisivat molemmat halunneet hänet ja pitäneet hänestä huolta ja tässä hän nyt himoitsi parhaan ystävänsä pikkuveljeä, joka ei ansainnut päästä kaiken riitelyn keskelle.

Uusi hidas kappale soi ja Joona tarttui häneen kiinni painaen Vernan itseään vasten ja he pyörivät hitaasti ympyrää. Joona nosti kätensä Vernan selkää vasten ja hyväili sitä hellästi.

Verna tunsi kuinka hän vaistomaisesti painautui lujemmin Joonaa vasten. Verna nosti katseensa Joonaan päin ja läheni suutelemaan Joonan huulia. Joona vastasi ja tilanne vei mukanaan.

Verna havahtui todellisuuteen kuullessaan oven kolahduksen ja tutun puheäänen oven ulkopuolelta. Hän irrottautui Joonasta ja näytti sormellaan, että pitäisi olla hiljaa. Hän jäi kuuntelemaan kuinka Riitta pysähtyi oven taakse jonkun kanssa.

"Mä en vaan voi ymmärtää mitä on tapahtunut," Riitan ääni kuului oven läpi, "sitä yrittää parhaansa huolehtia lapsistaan, mutta raivostuttaa kun kukaan ei kerro mitään mitä tapahtuu."

"Hyvin sä niistä olet varmasti huolehtinut," Verna kuuli Katan äänen, "ainakin Atte vaikuttaa ihan normaalilta mieheltä."

"Onhan se, vaikka vähän sulkeutunut," mutta tosi ihanaa kun sain viimeinkin tutustua suhun Kata.

"Samoin, se Verna sanoikin että olet ihana anoppi," Kata sanoi.

"Missä välissä sä olet Vernan kanssa ehtinyt jutella täällä," Riitta kysyi hämillään.

Verna pidätti hengitystään ja puristi samalla Joonan käsivartta. Toivottavasti Kata ei nyt kertoisi mitään Riitalle näissä häissä.

"No kun se kävi meillä," Kata sanoi ja Katan äänestä kuuli selvästi, että tämä tiesi puhuneensa liikaa Riitalle.

"Mitä varten se teillä kävi kun ei ne Aten kanssa ole olleet tekemisissä," Riitta kysyi, eikä Kata vastannut mitään.

"Sano nyt kun mut on jätetty kokonaan ulkopuolelle kaikesta. Vesakin kielsi puhumasta Vernan kanssa ja en ole voinut siltä kysyä, eikä Vesa kerro ja Vernakin on näemmä raskaana," Riitta kuulosti epätoivoiselta.

"Mä lupasin Atelle, etten kerro," Kata sanoi surkeana.

"Ole kiltti Kata ja kerro. Mä menen kohta itse kysymään Vernalta, että mitä helvettiä täällä tapahtuu," Riitta aneli epätoivoisena.

"Äiti hei, missä ne valkoviinit on," Vesan ääni kuului oven ulkopuolelta.

Verna huokaisi. Tämä tästä vielä puuttuikin. Hän päästi Joonan kädestä irti ja tuijotti seinää jatkaen salakuunteluaan.

"Ne on tuolla kaapissa, mutta tänään mä aion kyllä nyt saada vastauksia, että mitä teille Vernan kanssa on tapahtunut," Riitta sanoi päättäväisesti, "mä jankkaan tätä koko illan kunnes joku murtuu ja menen kysymään Vernalta itseltään jos et kerro."

"Ei Vesa tiedä," Kata sanoi ja Verna kuuli oven takaa taas syyllisen huokauksen liikaa puhumisesta. Verna ymmärsi kyllä, että Kata oli vaikeassa tilanteessa nyt, sillä anoppinsa tuntien, ei Riitalla ollut aikomustakaan antaa periksi asian tiedustelussa. Kata olisi helppo murtaa, kun Kata oli vielä niin uusi tuttavuus, jonka Riitta saisi kyllä lopulta puhumaan. Verna sulki silmänsä ja toivoi silti, että tilanne menisi jotenkin ohi.

"Mitä mä en tiedä," Vesa tuli suoraan oven taakse.

"Äiti oletko nähnyt Kataa," Atenkin ääni lopulta tuli oven taakse.

"Voi vittu," Verna huokaisi itsekseen ja katsoi Joonaa epätoivoisena.

"Täällä se on ja aion selvittää juurta jaksain nyt kaiken mitä täällä tapahtuu," Riitta sanoi vihaisena tuijottaen poikiaan, "mä olen niin kyllästynyt siihen, että multa salataan asioita. Mikä hemmetti teidänkin välit aikoinaan rikkoi, kun olitte niin läheisiä ennen?"

Verna tunsi kuinka hän hivuttautui oven lukkoon kädellään ja avasi sen antaen oven aueta rauhassa. Kaikki katsoivat häntä hetken aikaa ja Joona seisoi hänen takanaan kädet puuskassa. Verna seisoi hetken tuijottaen kaikkia, eikä kukaan osannut sanoa mitään.

"Moi Riitta," Verna sanoi ja kävi halaamassa anoppiaan.

"Ilona käski tulla kysymään missä valkoviini viipyy," Lauri tuli ovesta seuraavaksi keittiöön.

"Antakaa nyt joku jumalauta armoa mulle," Verna huusi ääneen ja meni istumaan pukuhuoneen penkille painaen päänsä käsiinsä.

"Setvitäänkö näitä asioita huomenna," Atte kysyi lopulta.

"Ei, kun nyt," Vesa sanoi vakavana, "mä haluan tietää mitä toi meinasi, kun se sanoi etten mä tiedä. Mitä mä en tiedä?"

"Sen nimi on Kata," Atte sanoi ja tuli Katan taakse seisomaan nostaen kätensä tämän olalle, "Katan homma ei ole kertoa meidän sotkuista teille."

"Mistä sotkuista," Riitta kysyi tiuskaisten.

Kaikki olivat hiljaa hetken aikaa.

"Ehkä mä kerron sitten kun tämä on mun sotkuni," Verna nousi seisomaan vakavana. Ainakin kohta tämä kaikki olisi ohi.

"No anna tulla," Riitta sanoi ja Laurikin oli jähmettynyt Vesan vierelle seisomaan.

"Nyt tulee sitten koko totuus julki," Verna katsoi Vesaa Ja Attea. Veljekset katsoivat vihaisina tosiaan, mutta molemmat nyökkäsivät.

"Mä odotan," Riitta sanoi.

"Sä muistat kuinka me Vesan kanssa erottiin silloin nuorempina kertaalleen," Verna aloitti ja Riitta nyökkäsi, joten Verna jatkoi, "me erottiin sen vuoksi, että mä aloin seurustella Aten kanssa."

Verna katsoi Aten ruskeita silmiä lämpimin mielin, mutta palasi nopeasti nykyhetkeen, sillä Riitta katsoi häntä edelleen tuimana.

"Mä tulin raskaaksi Atelle ja Atte ei halunnut aluksi sitä lasta. Mä olin menossa tekemään aborttia ja olin ihan yksin sen asian kanssa, joten soitin Vesalle ja rukoilin, että se auttaisi mua. Vesa lupasi, jos olen sitten taas sen kanssa ja se sopi mulle, kun kuitenkin rakastin sitäkin. Vesa ei tiennyt, että se oli Atte kenen vuoksi olin sen jättänyt," Verna sanoi katsoen Vesan ruskeisiin silmiin ja lämmin tunne meni hänen lävitsensä, "mä oli sairaalassa kun Atte yritti estää mua menemästä aborttiin kun halusi sittenkin olla mun kanssa ja pitää lapsen. Mä nukuin kun Atte oli viestittänyt mulle ja Vesa oli nähnyt sen viestin, eikä kertonut mulle siitä, mutta tajusi silloin että lapsen isä oli Atte. Mä menin kaavintaan ja

Vesa meni tapaamaan Attea, jolle oli mun nimissä laittanut viestin, että nähtäisiin sairaalassa. Vesa teki Atelle selväksi kiristämällä ja valehtelemalla, ettei mulla ja Atella olisi mitään yhteistä tulevaisuutta, joten Atte lähti ja mä olin tehnyt abortin, joka hajotti mut ihan palasiksi tähän päivään asti."

Riitta tuijotti nolostuneen näköisiä veljeksiä järkyttyneen näköisenä, "miten te voitte tehdä toisillenne noin?"

"Ei tämä vielä tähän pääty," Verna sanoi, "mutta sen mä sanon tähän väliin, että toi teidän kahden vihan pito on ihan järjetöntä! Kaiken valehtelun ja huijaamisen jälkeen kumpikaan ei mua saa, enkä mä ole sen arvoinen että kannatti välit pilata noin!"

"Ja tämä vihanpito on jatkunut siitä asti, ilman, että olette edes yrittäneet puhua asioista," Riitta huudahti väliin ja molemmat pojat tuijottivat lattiaan.

"Niin. Se on kestänyt pitkään," Verna huokaisi, "mutta tähän nykytilanteeseen sitten. Mä törmäsin Lauriin, joka seisoo tuolla ja rakastuin siihen ja jätin Vesan Laurin vuoksi. En tiedä onko Vesa sanonut mitään meidän erosta, mutta kaikki oli siis mun syytä."

"Ja olet nyt raskaana Laurille, vaikka mun kanssa et ollut valmis tekemään lasta," Vesa kysyi vihaisena.

"Anna mun puhua loppuun," Verna sanoi tuimana siristäen silmiään, "mä en ollut valmis hyväksymään Laurin omia lapsia ja ajattelin, että suhteesta pitäisi tehdä ehkä loppu. Törmäsin Atteen festareilla seuraavana päivänä siitä, kun olin maannut viimeisen kerran Laurin kanssa. Päätettiin Aten kanssa puhua asiat kuntoon ja yksi asia johti toiseen ja me.."

"Muisteltiin menneitä," Atte sanoi Vernan puolesta, "mikä teki molemmille hyvää."

"Eli lapsi voi olla Atenkin," Riitta kysyi järkyttyneenä.

"Joo, mutta tämä jatkuu vieläkin," Verna huokaisi nolona, "sitten mä menin seuraavana päivänä rähisemään Vesan luokse ja päädyin senkin kanssa sänkyyn."

Keittiön takakäytävällä vallitsi pitkä hiljaisuus.

"Eli lapsi voi olla siis Laurin, Aten tai Vesan," Riitta kysyi, "ja ketkä tästä nyt ovat tienneet?"

"Lauri sai tietää ensin ja pakotti mut kertomaan Atelle. Vesalle mun piti kertoa vasta näiden häiden jälkeen," Verna huokaisi ja vilkaisi takanaan seisovaa Joonaa, joka oli myös kuullut nyt vasta koko totuuden. Vernaa hävetti, sillä hän oli mennyt suutelemaan Joonaa juuri ennen tämän tilanteen esilletuloa ja tällaiset uutiset eivät varmasti olleet kovin miellyttäviä tässä tilanteessa.

"No huh huh," Riitta sanoi huokaisten ja istuutui käytävällä olevalle tuolille, "olipas uutisia."

"Ja sä teit sen taas," Vesa sihisi Atelle, "sä et vaan ikinä pysty olemaan koskematta Vernaan, oli se sitten mun tyttöystävä tai vaimo."

"Voi saat pitää sen ihan vapaasti," Atte tuhahti, "mulla on elämä Katan kanssa, joka yksikolmasosan varmuudella saattaa hieman muuttua erisuuntaiseksi kun olin kuvitellut, mutta sun vaimoosi mä en halua."

"Enkä mä käytännössä kyllä ole sun vaimosi enää," Verna tiuskaisi Vesalle ja Vesa oli reagoinut täysin sillä tavalla kuin Verna oli pelännytkin.

"Nyt tämä helvetti setvitään nyt sitten loppuun," Vesa sanoi käärien hihojaan, "perkele mä olen odottanut tätä hetkeä!"

"Samat sana," Attekin sanoi ja muiden estelyistä huolimatta veljekset olivat hetken päästä kiinni toisissaan ja rymysivät pitkin keittiötä. Verna avasi huutaen keittiön ulko-oven ja varmisti, että poikien tappelu jatkui ulkona, jotta mitään ei hajoaisi.

"Nyt jumalauta lopettakaa," Riitta karjui ja he yrittivät erottaa Attea ja Vesaa, "ja Verna pysyy nyt kaukana tästä mahansa kanssa, ettei käy mitään."

Riitta oli työntänyt huutavan Vernan sivummalle ja Joona yritti Laurin, Katan ja Riitan kanssa saada erotettua tappelupukarit. Lopulta veljekset makasivat molemmat maassa nenät veressä sen näköisinä, että olivat saaneet tarpeekseen.

"Mä olen niin raivoissani teille molemmille," Verna karjui potkien lunta molempien päälle, "mikä vittu teitä vaivaa."

"Tämä olisi pitänyt tehdä jo vuosia sitten," Atte sanoi hengästyneenä ja nousi istumaan.

"Niin olisi," Vesa sanoi nousten myös istumaan.

Verna ojensi kätensä Atelle ja auttoi Riitan kanssa tämän ylös. Seuraavana he auttoivat Vesan ylös ja veljekset nauroivat hetken aikaa, jonka jälkeen he paiskasivat kättä päälle.

"Eiköhän tämä ollut tässä," Vesa sanoi ja tunnusteli turvonnutta huultansa sormillaan.

"Joo, tämä on nyt unohdettu," Atte naurahti pyyhkien verta nenästään pois.

"Tule Verna niin jutellaan mitä nyt tehdään," Vesa sanoi ja näytti tietä sisälle.

"Jaa jutellaan," Verna huusi, "juttele perkele keskenäsi!"

"Rauhoitu nyt, ei tämä ole niin vakavaa," Atte naurahti.

185

"Jaa ei ole vakavaa," Verna huusi jälleen ja hänestä tuntui, että hänen päänsä räjähtäisi raivon vuoksi. Hän katsoi Vesaa, "säkin vitun mulkku kuulit juuri, että sä saatat saada lapsen ja ainoa asia mitä sä osaat tehdä on pistää veljeesi turpaan kun se on nyt sattunut eron jälkeen hyppäämää sänkyyn mun kanssa!"

"Rauhoitu Verna," Riittakin sanoi, "hengität nyt hetken tuossa tuolilla syvään, ihan jo tuon vauvan takia."

Verna työnnettiin tuolille istumaan ja veljeksiä putsattiin sen näköisiksi, että he voisivat mennä muiden vieraiden joukkoon. Verna yritti parhaan taitonsa mukaan rauhoittua, mutta se oli vaikeaa. Hän oli vihainen Vesan reaktiosta ja siitä, että oli mennyt suutelemaan Joonaa, sekä siitä että Lauri oli yrittänyt suudella häntä.

"Joko sä olet rauhoittunut," Lauri polvistui Vernan eteen ja Verna yritti uskottavasti nyökyttää päätään.

"Onko kukaan näistä miehistä nyt täällä sun miesystävä," Riitta kysyi, "ihan vaan sillä, että pääsen tilanteeseen paremmin sisään."

"Ei. Tässä huoneessa ei ole ketään kenen kanssa mä haluisin olla tällä hetkellä," Verna sanoi ärtyneenä ja huomasi kuinka Joona poistui ovesta sillä hetkellä ulos. Verna huokaisi, olikohan Joona olettanut jotain suudelman vuoksi? Miksi

186

Joonan poistuminen paikalta sai tuntumaan kuin sydän olisi jättänyt yhden lyönnin välistä?

"Onko sulla sitten joku mies," Riitta kysyi.

"Ei ole. Mä olen ajatellut hoitaa tämän lapsen ihan itsekseni ja joku isäehdokas pääsee sitten osalliseksi lapsen elämään," Verna nousi ylös huokaisten, "vaikka mun kannalta olisi parasta jos olisin pitänyt koko asian ihan omana tietonani, kun tämä meni tämmöiseksi hemmetin pelleilyksi."

"No mutta ainakin kaikki me tiedetään nyt," Lauri sanoi.

Verna tunsi kuinka kiukun aalto lävisti hänet, "älä puhu mulle!"

"Pitäisikö sut viedä vähän kävelemään ulos," Vesa kysyi, "ihan että saisit vähän hengittää syvään?"

"Ei kun mä menen nyt kotiin," Verna huokaisi.

"Mä saatan sut," Lauri sanoi.

"Et saata. Mä en halua olla kenenkään kanssa hetkeen missään tekemisissä," Verna huokaisi ja ainoa asia mikä sai hänet hymyilemään, oli Katan hellä hoivaaminen Attea kohtaan.

"Et sä nyt yksin voi lähtee ajamaan tuossa mielentilassa kotiin. Voin mäkin sut saattaa," Atte sanoi.

"Te kuulitte mitä Verna sanoi," Riitta sanoi tomerana, "se ei halua teistä ketään saattamaan. Tule Verna, nyt lähdetään."

Riitan saatto sopi Vernalle, sillä Riitta luultavasti olisi normaaliin tapaansa sanomatta mielipidettään asioista. He hyvästelivät muut häävieraat ja hääparin. Riitta istuutui repsikan paikalle autoon ja Verna lähti ajamaan Tamperetta kohti.

"Kai sä tiedät, että mulle sä voit aina puhua jos on sellainen olo," Riitta rikkoi hetken hiljaisuuden, "en mä mihinkään ole kadonnut, vaikka tilanne onkin mikä on."

"Kiitos," Verna sanoi huokaisten, "mä olen vaan niin kurkkuani myöten täynnä noita kaikkia miehiä. Tai en Attea niinkään kun se on ollut tosi kiltti mulle tämän kaiken aikana."

"Entä tuo Lauri," Riitta kysyi.

"Se on Vesan kanssa yksi loukattujen joukossa, eikä se ole ansainnut tätä tilannetta," Verna sanoi ja pysäytti auton tien laitaan, sillä hän tunsi kuinka hänen kiukkunsa vaihtui itkuksi, eikä halunnut ajaa lumisella pimeällä tiellä jos alkaisi itkemään.

"Et säkään ole tämmöistä ansainnut," Riitta sanoi ja tarttui Vernaa olkapäähän.

"Mä olen ihan sekaisin tunteitteni kanssa. Mä rakastan Vesaa ihan älyttömästi, mutta rakastan myös Lauria omalla tavallani. Atestakin tykkään, mutta en haluisi missään nimessä olla sen kanssa," Verna alkoi vuodattaa ja itku alkoi tulvia ulos, "enkä mä ole vieläkään varma onko musta äidiksi ja pelkään että tämä vauva viedään multa pois, kun olen tappanut ensimmäisenkin lapseni."

"Et sä sitä tappanut Verna," Riitta halasi Vernaa, "se oli silloin paras ratkaisu siinä tilanteessa ja yritit tehdä oikein."

"Ja nyt tässä ollessa huomaan miten se vaikutti kaikkiin. Olen tuhlannut Vesan elämästä vuosia ja pilannut sen ja Aten välit toisiinsa," Verna nyyhkytti.

"Vesa selkeästi itse teki valintansa olla sun kanssa kaikesta huolimatta ja niin se on sua aina jumaloinut, etten usko että se on katunut sitä että sun kanssasi naimisiin meni," Riitta sanoi, eikä irrottanut Vernan ympärille kiedottuja käsiään, "säkin olet vaan Verna ihminen, et sä pystynyt ennustamaan mitä tulevaisuudessa tapahtuu."

"Mä halusin olla Vesan kanssa onnellinen, mutta mä en vaan voinut, kun mua vaivasi ne menneisyyden tapahtumat niin paljon. Sit kun Lauri tuli kuvioihin, olin niin huumassa jotenkin etten oikein edes ymmärtänyt mitä tein," Verna yritti lopettaa itkemisen, "mä kaipaan Vesaa ja kaipaan Lauria, mutta eniten kaipaan mun Illun veljeä Joonaa tällä hetkellä, enkä itsekkään tiedä miksi, kun meillä ei vois olla sen kanssa mitään yhteistä tulevaisuutta."

"Miksi ei voisi," Riitta kysyi ja pyyhki Vernan kyyneleitä.

"Sehän on mua melkein kymmenen vuotta nuorempi ja odotan lasta jollekin toiselle, että ei ihan paras tilanne alkaa mihinkään suhteeseen," Verna sanoi.

Riitta huokaisi, "no joka tapauksessa, et sä yksin ole vaikka suhdekuviosi onkin sekaisin."

"Kiitos," Verna huokaisi ja niisti nenänsä nenäliinaan, jonka Riitta ojensi hänelle, "mä ajattelin että sä vihaisit mua kaiken tämän jälkeen."

"En mä nyt ole iloinen tästä tilanteesta, mutta sä olet ollut mun elämässä mukana seitsemäntoista vuotta, enkä mä susta vaan sen takia tykännyt että olit Vesan kanssa, kun olet ollut ystävä kaikki nämä vuodet," Riitta sanoi huokaisten, "ja en mä haluisi sua menettää, vaikka eroattekin Vesan kanssa."

"En mä mihinkään katoa," Verna sanoi, "mä olen tarvinnut omaa aikaa pääni selvittelyyn ja ehkä nyt alkaa helpottamaan kun tämän vauvan isyysasiat on selvinneet. Enää ei ole mitään salaisuuksia."

Riitta siirsi Vernan nutturasta irronneita hiuksia Vernan korvan taakse, "ja nyt tulet mun luokse nukkumaan ja juodaan aamulla perinteiset aamukaakaot ja juoruillaan ihan kuin ennen. Saat sitten kertoa sun ja Joonan tilanteesta vähän enemmän."

Verna nyökkäsi hymyillen ja lähti mielellään Riitan luokse yöksi. Hän oli usein yöpynyt juoruilemassa anoppinsa kanssa kun Vesa oli ollut työmatkalla, tosin tällä kertaa hän ei voisi tuhota viinipulloa Riitan kanssa, kuten yleensä, mutta joku ystävällinen äidillinen henkilö tuntui parhaalta ratkaisulta juuri nyt.

9. Asiat selviää

Kevättalven aikana Verna oli ollut Riitan kanssa paljon tekemisissä, mutta Vesa ja Atte olivat antaneet hänen olla rauhassa, varmaankin osittain Riitan käskystä. Lauria Verna oli nähnyt muutaman kerran, mutta Laurikaan ei ollut yrittänyt lähennellä, vaan oli fiksusti jutellut ihan kuin kenelle tahansa tuttavalle. Joona ei ollut vastannut Vernan puheluihin, vaikka Verna oli laittanut useamman viestin, joissa rukoili tätä juttelemaan kanssaan ja pyysi anteeksi häissä tapahtuneita asioita. Verna kaipasi Joonaa niin paljon toisinaan, että hänen sydämensä oli revetä rinnasta ja hän ei ollut koskaan tuntenut tällaista ikävää ketään kohtaan. Joona oli ollut aina läsnä kaikesta huolimatta ja Verna oli pitänyt Joonaa itsestäänselvyytenä.

Verna tiesi törmäävänsä Joonaan Akun syntymäpäiväjuhlissa Jannen ja Ilonan luona. Ilonakin odotti alkuvaiheilla lasta ja Ilonan liitto kukoisti, aivan erilailla kuin Ilonan aiempi liitto. Janne oli hyvä isäpuoli Akulle ja Vernakin oli alkanut miettimään, miksi oli aikanaan ollut niin tiukka ajatuksesta olla äitipuoli Laurin lapsille. Kaipuu Joonaa kohtaan oli saanut Vernan viimeinkin ymmärtämään omia tunteitaan, eikä hän kaivannut ketään elämänsä miehistä niin paljoa, lähinnä hän tunsi menneisyyden tuomaa muistojen ikävää, mutta siihen se jäi. Vernalle olisi aivan sama kuka lapsen isä olisi, mutta kenenkään kanssa hän ei halunnut suhdetta.

Verna oli saanut kotinsa kuntoon vauvan tuloa varten ja nyt oli äitiysloman ensimmäinen päivä. Tuntui oudolta jäädä pois töistä, jossa hän oli pystynyt työskentelemään loppuun asti. Oli hyvä päivä juhlia Akun syntymäpäiviä äitiysloman merkeissä.

"Onnea Aku," Verna halasi kummipoikaansa ja ojensi kirjekuoren, jonne oli sujauttanut ison summan rahaa, jotta Aku saisi itse ostaa mitä halusi.

"Kiitos," Aku sanoi vastaten halaukseen ja lähti kirjekuoren kanssa keittiöön Ilonan luokse.

"Moi Verna," Ilona tuli halaamaan Vernaa ja otti tämän ulkovaatteet, "ihanan lämmintä ulkona!"

"Joo ei uskoisi että maaliskuussa olisi jo näin kesäinen sää," Verna sanoi ja oli nauttinut auringonpaisteesta etupihalla hetken aikaa. Kaikki lumetkin olivat jo sulaneet pois.

"Tule sisälle, niin keitän sulle teetä," Ilona sanoi ja lähti takaisin keittiöön.

Verna kävi tervehtimässä olohuoneessa muita vieraita ja meni Ilonan perässä keittiöön, jossa Joona istui kahvikupin kanssa. Verna pysähtyi ovenpieleen hetkeksi, eikä huomannut heti pidättävänsä hengitystä. Joona näytti hyvältä ja valtava kaipuu täytti Vernan sydämen. Verna tyytyi kuitenkin vain tervehtimään Joonaa ohimennen ja otti teekupin pöydältä. Joona poistui keittiöstä pois, eikä ollut selvästi iloinen Vernan näkemisestä.

"Joona tuntuu olevan sulle edelleen tosi vihainen," Ilona huokaisi, "eikö se vieläkään puhu sulle?"

"Ei," Verna huokaisi, "ja parempi niin sen itsensä kannalta."

"Mitä sä meinaat," Ilona kysyi.

"Mä vaan satutan sitä jos se on mun lähellä," Verna huokaisi.

"Mun mielestä teidän pitäsi jutella," Ilona sanoi nojaten pöytään, "Joonalla saattaa olla jotain mikä vaivaa sen mieltä."

"Niin kuin mitä," Verna kysyi, "mun on niin ikävä Joonan seuraa, että mä halkean ikävän vuoksi kohta."

"Kun musta tuntuu, että sekin ikävöi sua," Ilona sanoi vakavana.

"Musta tuntuu että mä olen ihan älyttömän ihastunut Joonaan ja mieti nyt itse tätä tilannetta," Verna huokaisi,

"Joona on liian kiltti että viitsisin ennen tämän vauvan syntymää sotkee sitä tähän."

"Entä jos Joona on jo sotkeutunut siihen," Ilona kysyi mietteliäänä.

"Mitä sä meinaat," Verna kysyi hämmentyneenä, "joo me suudeltiin sen kanssa, mutta ei se sen enempää ole tähän mun mielestä sotkeutunut, vaikka se olisikin ollut ihastunut muhun."

"Mä en sano enää mitään," Ilona näytti merkin suunsa edessä, että aikoi olla hiljaa, "mene puhumaan sen kanssa ja käske sen kertoo sulle totuus."

"Mikä totuus," Verna kivahti.

"Mä sanoin että kysy siltä," Ilona ärähti, "olen niin kyllästynyt näihin salailuihin, että hajoan kohta teidän kaikkien takia!"

Verna tuijotti Ilonaa hetken aikaa, sillä Ilona ei juuri koskaan hermostunut mistään ja oli nyt ärähtänyt kunnolla Vernalle.

"Anteeksi," Ilona huokaisi hetken päästä, "mä laitan tämän hermostumisen hormonien ja huonon olon piikkiin."

"Joo ei hätää, Verna huokaisi ja otti teetä kuppiinsa, "mä menen nyt sitten repimään Joonasta irti sen mitä sä et suostu kertomaan."

Ilona nyökkäsi ja Verna lähti etsimään Joonaa, joka löytyi Akun huoneessa katselemasta Akun kanssa tietokonepeliä.

"Voidaanko jutella," Verna kysyi Joonalta.

"Miksi," Joona kysyi tylysti, eikä irrottanut katsettaan tietokoneruudusta.

"Koska mä nostan metelin täällä, jos et nyt puhu mun kanssa ja häiriköin sua sun loppuelämän ajan, jos et anna mulle mahdollisuutta selvittää asioita sun kanssa," Verna sanoi tuimana, eikä aikonut antaa Joonalle mahdollisuuksia perääntyä tilanteesta.

"Okei," Joona huokaisi, eikä vaikuttanut innokkaalta.

He kävelivät Jannen työhuoneeseen yläkertaan ja Verna sulki oven, ettei kukaan häiritsisi heitä. Joona istuutui työtuolille ja Verna vuodesohvan laidalle.

"No mitä sä haluat sanoa mulle," Joona kysyi tylysti.

"Ilonan mukaan sulla on sanottavaa mulle," Verna sanoi tylysti takaisin.

"Se on väärässä, mulla ei ole sanottavaa sulle," Joona tiuskaisi.

Verna oli hetken hiljaa, "mutta mä haluan sanoa sulle, että mä kaipaan sua."

"Mä en jaksa olla enää sulle itsestäänselvyys, joka tekee mitä pyydät," Joona ärähti.

196

"Et sä ole mulle itsestäänselvyys," Verna sanoi harmistuneena, "sä olet tärkeä ja tuntuu kuin jotain puuttuisi, kun sä et ole kuvioissa."

"Sä olet tehnyt harvinaisen selväksi etten mä ole kuvioissa muutenkaan," Joona jatkoi tylyä linjaansa, "joka kerta sä jätät mainitsematta mut."

"Miten niin," Verna kysyi tiuskaisten, "jos tämä johtuu siitä, että suutelin sua siellä häissä, niin olen pahoillani."

"Ihan sama suutelitko vai et, kun mä olen kuitenkin vaan yks mies muiden joukossa, jolla on kiva leikkiä ja sitten saa heittää menemään aina kun huvittaa," Joona nousi ylös tuolista, "ei tästä tule mitään, kun sä et vieläkään voi sanoo sitä ääneen."

"Sanoa mitä ääneen," Verna huusi kysymyksen, sillä Joonan salaperäisyys alkoi ärsyttämään häntä.

"No vittu sitä, et mäkin voin olla tuon lapsen isä," Joona huusi, "ihan vitun loukkaavaa ettet kehtaa sanoa sitä ääneen!"

"Mistä sä puhut," Verna huudahti, "mä en ihan todella tajua mistä sä nyt puhut!"

"Et ole tosissasi," Joona tiuskaisi, "kyllä mä ymmärsin silloin, että asiasta ei saisi puhua, mutta se millainen olit mulle silloin illalla kun rakasteltiin, niin elin toivossa, että jotain olisi kuitenkin ollut meidän välillä."

"Odota," Verna nosti kätensä kasvoillensa, "milloin me on rakasteltu sun kanssa?"

"Säkö et muka oikeasti muista," Joona kysyi tuhahtaen.

"En," Verna huokaisi hädissään, "en ihan oikeasti muista."

"Sun tupaantuliaisissa," Joona tuhahti, "tosin en ymmärrä miksi mä olen ollut niin ihastunut suhun, kun sen jälkeen sä hyppäät heti kolmen muun kanssa sänkyyn ja yhtäkkiä sä olet raskaana."

"Joona mä en tiennyt," Verna painoi päänsä käsiinsä ja yritti muistaa mitä oli tapahtunut. Tuntui kuin henki ei olisi taaskaan kulkenut kunnolla. Pitikö Joonan väittämä paikkansa?

"Mä hölmö ajattelin koko ajan, että sä olisit kuitenkin jossain vaiheessa halukas yrittämään mun kanssa jotain, mutta kun sä pidät mua ihan kakarana, enkä mä ole sellainen kenen kanssa voisit kuvitella olevasi, niin en mä jaksa enää nähdä vaivaa ja olla sun lähelläsi satuttamassa itseeni," Joona sanoi ja käveli ovelle, "enkä mä halua olla ton lapsen kanssa tekemisissä, jos se on mun. Ja mä olin niin hölmö vielä että kuvittelin, että olisin voinut sitä kasvattaa sun kanssa vaikka se ei olisikaan ollut mun."

Joona poistui ovesta ja Verna jäi suu auki katsomaan Joonan perään. Oliko äskeinen keskustelu todellakin käyty? Verna nousi vapisevana sohvalta ylös, eikä tiennyt miten päin olisi ollut. Hän kuuli askelien tulevan ylöspäin ja Ilona sujahti huoneeseen sisään.

"Miksi sä et sanonut mulle," Verna henkäisi Ilonalle.

"Ei se ollut mun asia kertoo," Ilona sanoi, "mä sanoin kyllä Joonalle, että sen pitäisi puhua sun kanssa, mutta se meinasi koko ajan että kyllä sä puhut itse jos tarvitsee. Ja sanoin sille myös, ettei suhun kannata ihastua, kun sulla on niin hankala tilanne noiden miesten kanssa."

"Mitä helvettiä oikeasti," Verna huokaisi, "miksi mä en musta että olisin maannut Joonan kanssa?"

"Sä olit aika hyvissä siellä sun tupaantuliaisissa, mutta kyllä mä jotain semmoista vähän pelkäsin, kun Joona jäi sun luokse meidän muiden lähdön jälkeen," Ilona sanoi.

"Tämä on ihan hirveätä," Verna parkaisi.

"Sä olit itse kieltänyt Joonaa puhumasta asiasta ja mullekin se kertoi vasta häiden jälkeen," Ilona huokaisi, "kyllä Joona sulle leppyy vielä."

"En usko," Verna sanoi hiljaa, "se oli niin vihainen, ettei kyllä taida leppyä."

"Aika näyttää," Ilona sanoi ja tuli halaamaan vapisevaa Vernaa.

"Mä taidan tarvita pienen katkon taas näistä maisemista," Verna huokaisi, "mä lähden mummun luokse hetkeksi aikaa, että saan miettiä rauhassa asioita."

"Älä nyt siellä synnytä sitten," Ilona sanoi ja he kävelivät ovea kohti.

"Ei ole pelkoa ainakaan viimeisimmän lääkärikäynnin perusteella," Verna naurahti, "tästä menee satavarmasti yli lasketun ajan."

"No hyvä, kun sun mummulle on vähän pitkä matka lähtee synnytystukihenkilöksi," Ilona sanoi hymyillen ja he menivät alakertaan jatkamaan syntymäpäiviä, joista Joona oli päättänyt poistua.

Verna istui mummunsa olohuoneessa rottinkikeinussa tuijottaen seinää. Hän oli laittanut Joonalle useamman viestin taas, joihin Joona ei ollut yhteenkään vastannut. Hän oli pyytänyt anteeksi ja kertonut kaipaavansa Joonaa, mutta mikään viesti ei ollut tuottanut tulosta. Sade hakkasi mummun talon kattoa ja sää sopi hyvin Vernan olotilaan. Verna oli jämähtänyt mummunsa luo useammaksi viikoksi ja päättänyt lähteä kotiin parin päivän päästä. Hän oli sulkenut

200

puhelimensa pari päivää sitten ja istunut keinussa aamusta iltaan. Mummukin oli sanonut, ettei tällaisella voinnilla voinut lähteä synnyttämään, eikä Vernaa huvittanutkaan sitä tehdä. Vauva voisi hänen puolestaan jäädä hänen sisälleen ja tulla ulos vasta sitten, kun hän itse olisi kasvanut niin aikuiseksi, että saisi edes yhden ihmissuhteen pidettyä normaalilla tasolla ja olla suututtamatta kaikkia läheisiä ihmisiä.

"Odotatko sä jotain vieraita," mummu huusi keittiöstä Vernalle.

"En," Verna huusi takaisin, "kuinka niin?"

"Ei kun ajattelin vaan kun tuolla ulkona seisoo sateessa joku mies moottoripyörän kanssa," mummu huusi ja Verna pysäytti keinun keinumisen jalallaan huokaisten.

"Jos se on joku eksynyt," Verna kysyi ja nousi vaivalloisesti mahansa kanssa ylös keinusta.

"Pitäisikö siltä mennä kysymään," mummu tuli ovenpieleen, "jos se luulee että tämä on joku majoituspaikka?"

"Joo ei tänne luulisi kenenkään ihan muuten vaan ajelevan," Verna huokaisi ja meni keittiön ikkunaan katsomaan pihan vierasta, joka katseli ympärilleen moottoripyörän viereltä, "mä menen kysymään siltä."

Verna puki takin yllensä ja otti sateenvarjon, jotta ei kastuisi ulkona ja avasi ulko-oven. Vieraan olemuksessa oli jotain tuttua ja Verna jäi katsomaan ovenpieleen hetkeksi. Moottoripyöräilijä kääntyi Vernaan päin ja nosti kätensä tervehdyksen merkiksi.

"Oletko eksynyt," Verna huusi ovelta miehelle, joka oli pihan toisella puolella. Mies riisui kypäränsä ja Vernan henki salpaantui hetkeksi, sillä mies oli Joona.

"Keitätkö kahvit," Joona huusi pihan toiselta puolelta takaisin ja lähti kävelemään Vernan mummun taloa kohden.

"Mitä sä hullu oikein tänne asti olet tullut moottoripyörällä," Verna huusi ovelta.

"Sulla on puhelin kiinni ja arvasin että olet täällä," Joona huusi sateen läpi.

Verna lähti kävelemään Joonaa kohti sateenvarjonsa kanssa. He jäivät seisomaan keskelle pihaa toisiaan vasten.

"Mistä sä tiesit että mä olisin täällä," Verna kysyi hiljaa.

"Ainahan sä tänne tulet kun sua ahdistaa olla kotona," Joona sanoi porautuen sinisillä silmillään Vernan silmiin.

"Joona mä olen tosi pahoillani kaikesta," Verna henkäisi.

"Mä tiedän," Joona sanoi ja läheni Vernaa, "mä olin tosi itsekäs kun en antanut sulle mahdollisuutta selittää, mutta kyllä mä nyt ymmärrän kaiken siitä, miksi sä et koskaan sanonut et mä olisin ton isäehdokas."

"Mä haluisin muistaa sen että olen rakastellut sun kanssa, mutta kun en saa sitä mieleeni millään," Verna tunsi kuinka kyynelet tulvivat silmiin, "mun on niin ikävä sua, etten jaksa elää kun et ole mun lähellä."

"Tule nyt tänne sieltä," Atte sanoi ja Veti Vernan märkää ajopukuansa vasten halaukseen, "mä olen tässä nyt."

"Mutta sä sanoit, että et halua olla tämän lapsen kanssa missään tekemisissä," Verna itki Joonan kylmää rintaa vasten.

"Mä olin vihainen," Joona sanoi, "jos se musta on kiinni, niin mä olen sun luona loppuelämäni ajan."

"Jollain tapaa mä sut ajan pois mun luota kuitenkin, kun olen tämmöinen," Verna nyyhkytti, mutta Joona työnsi hänet vähän kauemmas itsestään.

"Jos mä en aikoisi pysyä tässä, niin mä en olisi tullut," Joona sanoi ja tarttui Vernaa molemmilla käsillä poskista kiinni, "hitto Verna olen niin rakastunut suhun, etten mä pysy järjissäni jos en saa olla sun kanssa, enkä mä aio jättää sua ikinä enää."

Verna katsoi Joonaa hetken silmiin, eikä tehnyt vastarintaa, kun Joonan märät ja kylmät huulet kohtasivat hänen huulensa. Jos olisi ollut olemassa jonkinlainen elokuvamaailma, niin tästä olisi tullut täydellisin rakkauskohtaus mitä maailmasta olisi löytynyt. Vernasta tuntui, ettei hän olisi ollut enää tässä maailmassa, vaan jossain aivan muussa täydellisessä maailmassa, jonne mahtui vain hän ja Joona.

"Tulkkaa nyt sisälle sieltä, ennen kuin kastutte kokonaan, ettei Vernan tarvitse synnyttää kuumeessa," Vernan mummun ääni kantautui talon portailta ja sai Vernan ja Joonan hätkähtämään tilanteesta pois.

Verna hymyili Atelle ja tarttui tämän jääkylmään käteen, "sut pitää saada nyt kuiviin vaatteisiin."

"Kiitos, olen ihan jäässä kun ajoin Tampereelta asti vesisateessa tänne," Joona naurahti.

"Ei sullakaan ole kyllä kaikki kotona," Verna pudisteli päätään nauraen ja johdatti Joonan sisälle lämpimään. Mummu lainasi Joonalle Vernan papan vanhoja vaatteita ja piti huolta, että pariskunta sai lämmintä juotavaa ja viettää aikaa kahden. Joona jäi yöksi ja he juttelivat kaikesta mahdollisesta koko yön, eikä kenenkään kosketus ollut Vernasta tuntunut niin hyvältä kun Joonan kosketus hänen ihollaan. Verna olisi halunnut sulaa yhdeksi Joonan kanssa, jos olisi voinut.

Joona lähti aamulla ajamaan Tamperetta kohti ja Verna päätti hypätä Junaan, jotta ei joutuisi olemaan erossa Joonasta enää hetkeäkään, sillä kahdenkeskinen aika saattoi olla hyvinkin vähissä lähenevän synnytyksen vuoksi. Junamatka meni unelmoiden ja lopulta Verna astui sisälle kotiinsa uuden tulevaisuutensa keskelle, eikä hän voinut kuin hymyillä. Kyllä hän oli kai alusta asti Joonaan rakastunut, mutta jokin esti häntä ymmärtämästä sitä pitkään. Verna purki laukkunsa miettien samalla miksi juuri tänään alaselän kivut olivat tuntuneet erityisen rajuilta. Hän oli kipuillut harjoitussupistusten vuoksi jo muutaman viikon, mutta tänään ne olivat olleet erityisen voimakkaita. Hän haki särkylääkkeen kaapista ja kävi sohvalle lepäämään. Supistukset tuntuivat edelleen ajoittain, mutta Verna nukahti hetkeksi niistä huolimatta.

Verna havahtui ovikellon soittoon ja nousi hämmentyneenä istumaan. Ovikello soi tauotta ja oveen koputettiinkin jo, joten jollakulla oli todellinen hätä. Verna käveli ovelle tuntien voimakkaan supistuksen kävelyn aikana, mutta ei välittänyt siitä avatessaan ovea, jossa järkyttyneen näköinen Ilona seisoi.

"Sä et vastaa puhelimeen," Ilona sai sanottua ja purskahti itkuun.

"Se on varmaan jäänyt äänettömälle," Verna sanoi ja veti Ilonan käytävästä sisälle.

"Joona," Ilona sai sanottua, "se on ollut onnettomuudessa."

"Mitä," Verna kysyi, eikä halunnut heti uskoa mitä Ilona oli sanonut.

"Se oli ajanut kolarin ja on nyt leikkauksessa," Ilona purskahti itkuun.

Vernan oli pakko tarrautua kiinni piirongin kulmaan, eikä hän tiennyt olisiko huutanut järkytykseensä vai supistuskipunsa vuoksi.

"Sille oli tullut sisäistä verenvuotoa ja murtunut luita ja se tarvitsi välitöntä leikkausta," Ilona sai taas jatkettu, "se soitti mulle ennen onnettomuutta, että oli ollut sun luona, joten mun oli pakko tulla kertomaan sulle."

"Mutta se," Verna sanoi hiljaa ja tunsi kuinka hänen kurkkuaan kuristi, "se sanoi ettei se jättäisi mua ikinä."

"Ota tavarasi, niin lähdetään sairaalaan," Ilona sanoi ja heitti takin Vernalle, "Janne odottaa tuolla alhaalla."

Verna meni Ilonan perässä autolle yrittäen samalla kestää taas kivun mikä levisi hänen lantiolleen. Tämä olisi huonoin mahdollinen hetki synnyttää, vai oliko kyseessä edelleen vain harjoitussupistukset, jotka olivat vain koventuneet järkytyksen vuoksi? Janne ajoi ylinopeutta koko matkan ja Vernan mieleen piirtyi vain Joonan siniset silmät ja kosketus Vernan iholla, jota ilman hän ei kestäisi elää. Miksi näin piti käydä juuri nyt kun hän oli viimeinkin Joonan oma?

Sairaalassa aika mateli, kunnes lopulta heille tultiin kertomaan leikkauksen olevan ohi ja että Joonaa pääsisi pian hetkeksi katsomaan teho-osastolle. Joona oli selvinnyt, mutta lopullisen tilanteen kertoisi seuraavat päivät. Ilonan ja Joonan äiti ja Riitta olivat saapuneet paikalle kuultuaan tapahtuneesta, eikä kukaan ollut järkytykseltään huomannut Vernan tuskailua oman olonsa kanssa. Verna tiesi kyllä sisimmässään, että synnytys oli käynnissä, mutta ei halunnut myöntää sitä itsellensä - ei tässä tilanteessa. He pääsivät lopulta katsomaan Joonaa, joka makasi hengityskoneessa. Verna tunsi kuinka uusi entistä voimakkaampi supistus tuli ja hän tarttui seinään hetkeksi kiinni hengittäen syvään. Kipu unohtui pian kun hän katsoi uudestaan Joonaa, joka oli avuttoman näköinen vuoteellaan ja hänen kasvonsa olivat aivan mustelmilla.

"Mä en pysty hengittään," Verna sanoi hiljaa, eikä hän oikeasti saanut henkeä itkemiseltään. Miten hänen olonsa olikin näin järkyttävän kamala?

"Auttakaa joku mun kanssa Verna tuolille istumaan," Verna kuuli Riitan huutavan vierestään, "ja tuokaa paperipussi että saadaan sen hengitys tasaantumaan."

"Hengitä Verna tähän pussiin," Verna kuuli sairaanhoitajan sanovan jostain kaukaa ja alkoi itsekin ymmärtää, että hyperventiloi järkytyksensä vuoksi, eikä uusi supistus auttanut asiaa yhtään. Verna hengitti pussiin sairaanhoitajan pidellessä siitä kiinni ja hänelle tuli mieleen sama tilanne kuullessaan vauvan odotuksesta ensimmäistä kertaa. Verna alkoi palailla tajuihinsa ja Riitta pyyhki hikeä hänen otsaltaan pois.

"Mun täytyy nähdä Joona," Verna sanoi hädissään.

"Et sä pysy pystyssä, parempi kun istut siinä," sairaanhoitaja sanoi ja katsoi Vernaa mietteliäänä.

"Ei kun mun täytyy nähdä Joona nyt," Verna sai sanottua ja nousi pystyyn. Hän käveli Ilonan taluttamana Joonan vuoteenlaidalle, mutta uusi supistus sai hänet kaksikerroin hetkeksi aikaa, eikä kenellekään jäänyt epäselväksi oliko synnytys käynnissä vai ei. Verna tarttui Joonaa kädestä kiinni ja puristi sitä lujaa.

"Sun pitää lähtee Verna synnytysosastolle," Riitta tarttui Vernaa itkuisena olkapäähän.

"Mä en lähde, mä en voi mennä ilman Joonaa," Verna huusi hädissään, sillä pahinta mitä hänelle voisi nyt tapahtua, oli erota Joonasta, kun hän ei tiennyt mitä tapahtuisi.

"Sun pitää antaa hoitajien hoitaa Joona täällä ja huolehtia nyt lapsesta," Ilona tarttui Vernaa kädestä, "ei Joonakaan haluisi että sä riskeeraat mitään kun se voi olla tuon lapsen isä."

"Se lupasi, ettei se jätä mua," Verna sanoi ja sillä hetkellä tuntui kuin Joona oli puristanut hänen kättään. Verna tuijotti Joonaan hetken ja jotenkin puristuksen tunne sai hänet havahtumaan todellisuuteen omasta tilanteestaan.

"Mennään Verna," Riitta sanoi ja tarttui Vernaa selästä kiinni, "mä tulen sun mukaan ja me saadaan kyllä uutiset heti, jos Joonan voinnissa tulee muutoksia."

Verna irrotti otteensa hitaasti Joonan kädestä, joka valahti peiton päälle. Joonan äiti tarttui Joonan käteen ja Verna tiesi Joonan olevan hyvissä käsissä ilman hänen omaa läsnäoloaan. Supistuskipu ravisteli Vernan taas ajatuksistaan ja hän lähti Riitan saattamana kohti synnytyssalia. Koko synnytys meni sumussa miettien Joonan vointia ja Riitta oli ainoa, joka sai palautettua Vernan nykyhetkeen kipunsa keskeltä. Synnytys oli edennyt jo niin pitkälle, ettei Vernaa suostuttu lääkitsemään, vaan hänet vietiin suoraan synnytyssaliin, jossa käskettiinkin jo ponnistamaan vauvaa ulos. Verna keskitti kaikki voimansa ponnistamaan vauvaa ulos ja kuuli kuinka radiossa soi lohtu –niminen kappale: "yksi pieni elämä, tähtipölyn kudelma, vaikka tuhannesti kaadut, ei sua voi haavoittaa.."

"Nyt keskität kaikki voimasi ja ponnistat niin lujaa kuin pystyt," Verna kuuli kätilön sanovan.

Verna teki työtä käskettyä ja keräsi kaikki voimansa kuunnellen laulun sanoja taas: " yksi pieni elämä, suuri valo sisällä, katson hiljaa nukkuvaa, katson lohdun kantajaa. Pidän aina lähellä, kuljen matkan vierelläs, sillä saattajani on vasta syntynyt.."

Verna tunsi kuinka kipu helpotti ja hetken päästä kuului vauvan itkua ja samalla hetkellä hänen rinnoilleen nostettiin pieni huutava vauva, joka käärittiin Vernan mekon alle lämpimään. Verna huokaisi helpotuksesta, mutta hänestä tuntui kuin jokin olisi vetänyt häntä pois tästä maailmasta.

"Verna," Verna kuuli Riitan huudon hämärästi ja tunsi kuinka vauva nostettiin pois hänen päältänsä. Verna tunsi lämpimän olon virtaavan lävitsensä ja hän sulki silmänsä. Hän menisi nyt Joonan luokse.

"Jos sä tahdot niin, nimeäsi enää toista en, mut vaikka tahdot niin, kuvaas mielestäni poista en. Jos sä tahdot niin, tulen kallioiden läpi. Jos sä tahdot niin what ever makes you happy. Jos sä tahdot niin, tuon sulle tiibetin vuoteeseen, tai siirrän pohjoisen luoteeseen ja aina uudelleen ja uudelleen sun muistan joskus mua suudelleen. Mutta ilman rakkautta hukun öihin sekaviin ja ilman rakkautta, no niin. Ilman rakkautta olemme puolitiessä helvettiin, sillä ilman sinua hukun öihin sekaviin ja ilman sinua, no niin. Ilman sinua olen puolitiessä helvettiin..."

"Joona," Verna henkäisi havahtuen kuulemansa laulun vuoksi ja yritti avata silmänsä.

"Joonalla on kaikki hyvin," Verna kuuli äitinsä äänen, "olet nyt ihan rauhallinen."

Verna yritti siristellä silmiään. Mitä oli tapahtunut? Hän yritti liikuttaa varpaitaan, mutta ne tuntuvat liian raskailta liikkuakseen. Sen jälkeen hän yritti liikuttaa sormiaan. Ne liikkuivat ja hän yritti selventää katsettaan nähdäkseen missä oli.

"Joona on herännyt ja voi olosuhteisiin nähden hyvin, mutta sä sitten säikytit kunnolla," Riitta tuli Vernan viereen seisomaan ja tarttui Vernaa kädestä kiinni.

"Mitä on tapahtunut," Verna kysyi muistaen synnyttäneensä ja pakokauhu valtasi hänet, "missä vauva on?"

"Ota ihan rauhassa, tyttö on tässä mun sylissä," Riitta sanoi hymyillen.

Verna hymyili vauvalle ja yritti koskettaa tämän poskea, mutta ei jaksanut.

"Vauva on ihan Vesan ja Aten näköinen, joten mun isoäitiydestä ei ole epäselvyyttä," Riitta sanoi hymyillen.

"Sulle tuli repeämä kohtuun synnytyksessä ja ne joutuivat hätäleikkauksella paikkaamaan sua," äiti sanoi ja silitti Vernan hiuksia, "ne sai paikattua vuodon ja kohtukin saatiin pelastettua, ettei ole estettä saada lapsia lisää tulevaisuudessa."

"Sä ja Joona jäitte molemmat henkiin ja tyttökin voi hyvin, joten kaikki on kunnossa," Riitta sanoi ja Verna sulki silmänsä huokaisten. Hän oli väsynyt, mutta onnellinen ja helpottunut.

Vauva oli ollut hyväntuulinen ja kiltti tapaus, jonka isäksi Atte oli osoittautunut. Verna ei ollut osannut kuvitella ketään miehistä siihen rooliin loppujen lopuksi, mutta Atte oli jälkeenpäin ajatellen paras vaihtoehto. Ympyrä oli sulkeutunut lopullisesti, kun he olivat Aten kanssa saaneet korjata tapahtuneet vuosien takaa. Heillä oli nyt yhteinen lapsi ja tämän lapsen ansiosta Atte ja Vesa olivat saaneet välinsä kuntoon, kutsuen toisiaan jälleen veljiksi.

Ristiäispäivänä Atte piteli tytärtään sylissään ja näytti mietteliäältä.

"Siitä vois tulla vaikka Sofia," Verna kysyi.

"Tai sit Aino," Atte sanoi.

"Se on kyllä ihan Ainon näköinen ruskeitten silmiensä kanssa," Kata sanoi koskettaen vauvan varpaita.

"Joo Aino on aika kiva," Verna nyökytti päätään, "voisiko se olla sitten Aino Sofia?"

"Hyvä kompromissi," Atte hymyili vauvalle, "ei tämäkään nimen keksiminen myöhälle mennyt."

"Onhan ristiäisten alkuun vielä kaksi tuntia," Verna naurahti ja meni keittiöön, jossa Joona latasi kahvinkeitintä.

"Vai Aino Sofia," Joona kysyi hymyillen ja konkkasi kipsattu jalka ilmassa jääkaapilta hakemaan limsaa.

"Joo, jos se isäpuolelle vaan sopii," Verna hymyili ja nojautui tiskiallasta vasten.

"Sopiihan se," Joona konkkasi Vernan luo, "mutta nyt varastan yhden suudelman ennen kuin lähden pukeutumaan juhlia varten."

Verna suuteli Joonaa hetken aikaa ja tunsi olevansa onnellisempi kuin koskaan elämänsä aikana, vaikka hetken aikaa hänen elämänsä olikin ollut sellaista sekametelisoppaa, ettei hän olisi uskonut asioiden lopulta päättyvän näin hyvin.